中坚代
ZHONG JIAN DAI

夜 妆
YE ZHUANG

付秀莹◎著

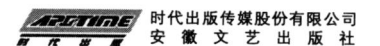

时代出版传媒股份有限公司
安徽文艺出版社

图书在版编目(CIP)数据

夜妆/付秀莹著.—合肥:安徽文艺出版社,2017.4

(中坚代书系)

ISBN 978-7-5396-5962-6

Ⅰ.①夜… Ⅱ.①付… Ⅲ.①中篇小说-小说集-中国-当代 ②短篇小说-小说集-中国-当代 Ⅳ.①I247.7

中国版本图书馆 CIP 数据核字(2016)第 314722 号

出 版 人:朱寒冬	丛书策划:朱寒冬
责任编辑:姜婧婧	装帧设计:张诚鑫 许含章

出版发行 时代出版传媒股份有限公司　www.press-mart.com
　　　　　安徽文艺出版社　www.awpub.com
地　　址:合肥市翡翠路 1118 号　邮政编码:230071
营 销 部:(0551)63533889
印　　制:安徽新华印刷股份有限公司　(0551)65859551

开本:880×1230　1/32　印张:7.5　字数:180 千字
版次:2017 年 4 月第 1 版　2017 年 4 月第 1 次印刷
定价:38.00 元(精装)

(如发现印装质量问题,影响阅读,请与出版社联系调换)

版权所有,侵权必究

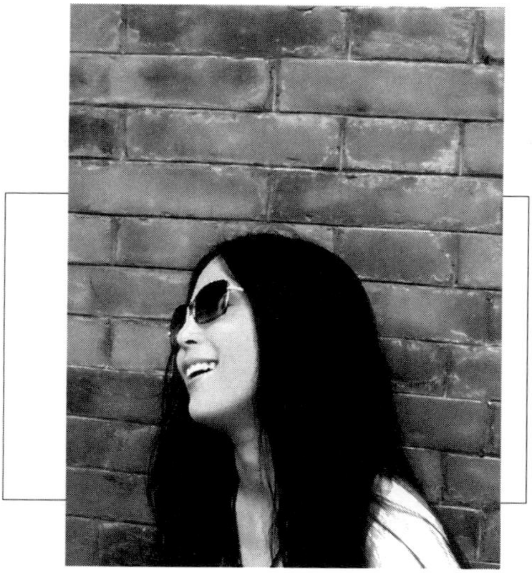

付秀莹,女,《长篇小说选刊》执行主编。著有长篇小说《陌上》,小说集《爱情到处流传》《朱颜记》《花好月圆》《锦绣》《无衣令》等。作品被收入多种选刊、选本、年鉴及排行榜。曾获首届茅台杯小说选刊奖,第九届十月文学奖,第五届中国作家鄂尔多斯文学奖,第三届蒲松龄短篇小说奖,首届茅盾文学新人奖等。部分作品译介到海外。

目　录

旧事了 / 001

出走 / 036

花好月圆 / 050

绿了芭蕉 / 062

刺 / 099

无衣令 / 138

夜妆 / 176

醉太平 / 194

旧事了

一

同路由认识,是在一个秋天。

那时候,你刚刚从一场感情的浩劫中挣扎出来,来北京,读博。你喜欢这个城市,喜欢宁静的校园。你想在这里重新开始。你整天泡在图书馆里,像一个疯子。同屋的温小棉夸张地瞪大眼睛,说,你是不是一个修女啊丰佩?你不说话,笑。是的。温小棉说得没错。你就是一个修女。在经历了感情的炼狱之后,你心如枯井。你不相信男人。任何。你把伤口深深地埋藏起来。你只以微笑示人。在众人面前,你是一个多么明媚的女人啊。笑容璀璨,干净,像阳光,刹那间便把世界照亮了。可是,路由一下子就洞穿了你。他看出了你的明媚背后,缠缠绕绕挥之不去的忧伤。路由说,丰佩,知道吗?是你的忧伤打动了我。你感到有一股温热的潮水涌上心头,迅速进逼你的鼻腔和眼底。

你掩饰地扭过头去,看窗外华灯下的京城,那些川流不息的车,还有人,在夜的河流中倏忽来去。城市像一个断断续续的梦,悬浮在灯火阑珊处,零乱,荒诞,有一种不真实的幻觉。

被温小棉拉到那个酒会的时候,已经迟到了。一进门,你便后悔了。一屋子的灯红酒绿,衣香鬓影。看得出,这是一个比较正式的酒会。男士们都着西装,女士们,则多是晚礼服。你低头看了看自己的牛仔裤、帆布鞋,还有那件珠灰色棉布衬衣,知道是穿错了。心想,管他!错便错了。反倒镇定下来。温小棉携着你的手,向众人介绍。她的声音像风,在喧嚣的河流上吹过。大厅里忽然安静下来。一屋子的目光看向你,你感到有些无措,却依旧微笑着,一一点头,致意。一屋子的人,你一个都不认识。除了温小棉。温小棉是作家。今天这个酒会,大约都是文人骚客。对文人,尤其是,对作家,你总是怀有特别的好奇心。这些整天活在虚构世界的人,在日常生活中,究竟有几分真实?

温小棉真是个人来疯。她属于那种本色演员,随处都是舞台,胜任剧情要求的各种角色。你不演戏,真是亏了。你曾经笑她。温小棉也笑,人生如戏——戏里戏外,谁能分得明白?

温小棉是那种第一眼美女,气焰嚣张得厉害。待要真的深究起来,五官倒是极平常的,最致命的,是她的风姿。是谁说过,姿态之美,胜过容颜之美。这话说的是温小棉。温小棉最是懂得,如何把那惊心动魄的凹凸秀出来,千回百转,一唱三叹。温小棉端着一杯红酒,袅袅地走过来,关照你吃点东西。今天的点心不错,有你最爱的黑森林,还有龙眼,很新鲜。温小棉穿一袭落日红小礼服,传统旗袍的改良版,前面包得严严的,是良家妇女的范式,后背却几乎全裸出来,蜜色的,透明的,腰窝深深地陷下去,在灯光下闪着绸缎的光泽,叫人惊艳。你忍不住在她耳边说,好个妖精!温小棉笑,我等着吃唐僧肉呢。

正说着话,温小棉忽然拿手肘碰一碰你。你还来不及反应,一个男人已经走到面前,端着酒杯,向你们颔首。温小棉仿佛一条河流,在一瞬间便生动起来,活泼泼的,眼波荡漾,嗓音柔软,向那个人频频举杯。你心里笑了一下。这才认真打量眼前的男人。驼色休闲西装,高大挺拔,有一点温文尔雅,气场却极大。他站在那里,同温小棉说着话,微笑。他的牙齿可真好。显然,他们是很熟络的朋友了。你礼貌地立在一旁,打算稍候片刻,悄悄地走开。不料,那人却忽然转过头来,问,这位是——问的是温小棉,眼睛却看着你。温小棉妩媚地笑起来,有点撒娇的意味。丰佩啊,真是贵人多忘事——那人也不分辩,冲你举起酒杯,说,路由。认识你很高兴。你们碰了杯。两只酒杯相碰的刹那,撞击声清脆可爱。

那是你和路由的第一次见面。

后来,你一遍一遍回忆起那个夜晚的片鳞只爪,却总是一片恍惚。仿佛是醉酒的人,醒来后的四顾茫然。又仿佛是一个巨大的梦,梦里梦外,不知身在何处。是的,那是一个恍惚的夜晚。

恍惚的灯光,恍惚的音乐,恍惚的人声,恍惚的衣影。温小棉的笑声,从遥远的地方传来,若隐若现。路由的声音很低,仿若耳语。红酒好滋味。在高脚杯里荡漾,飞溅。你惊讶于那样一种动人的殷红,红得热烈,红得几乎都要破了。后来,路由不止一次跟你说起那个夜晚。丰佩,你知道吗?那天晚上,一见到你,就恍惚了。你心里跳了一下。恍惚。在那个夜晚,你们彼此的感觉是如此相似。那一瞬,你忽然警觉了。恍惚。这种恍惚的感觉,是爱情。

爱情。怎么说呢,你不是不相信爱情。在这个世界上,还有比爱情更美好的事物吗?爱情是甘美的浆汁,却剧毒。只有勇敢的人,才能够把它一饮而尽。你承认,你不是一个勇敢的人。在曾经的那一场情感中,你元气大伤。你把自己的心包裹起来,用厚厚的铠甲,来抵挡尘世间纷飞的明枪暗箭。当然,你也感到孤独。不是寂寞。是孤独。没有人能够相信,你喜欢与孤独共处,你享受孤独。孤独像一条河流,外表温顺,只有沉溺其中的人,才能够懂得它的汹涌和动荡,你不是温小棉。温小棉说,她害怕孤独。温小棉有各色各样的男人。温小棉是女王,他们是她的裙下臣子。温小棉的卓绝之处在于,她爱他们,爱他们中的每一个。她是他们的母亲,姐姐,情人,妹妹,女儿。她在每一个角色中胜任愉快,如鱼在水中。温小棉常常笑称,她爱天下所有的哥哥。温小棉是一个坦诚的人。至少,真实。你却常常为她担着一份心事。你担心,她会在如此犬牙交错的关系中伤了自己。然而,你错了。温小棉非但小说厉害,在风月场上,也确有过人之处。温小棉是一个很牛掰的女人。有时候,面对温小棉,你会忽然痛恨自己。痛恨自己的世俗,虚伪,装腔作势。你不得不承认,在某种意义上,温小棉是你的替身——至少,是你的无数替身之一种。她代替你,挣脱掉层层枷锁,精神的,肉体的,在滚滚红尘中纵身一跳——飞蛾扑火,粉身碎骨,都由它去了。

二

和路由第一次约会,也是缘于温小棉。有一回,大约是那个酒会之后的一个月吧,温小棉忽然对你说:"丰佩,路由约你了吧?"你一愣:"路由?"那一段时间,你正忙着准备外语考试,昏天黑地。路由。你几乎忘记了这个名字。"就是那天酒会上的钻石男啊。"温小棉说,"我警告你啊,别漫不经心。前几天,他朝我要了你的手机号。"你笑:"这么好的钻石,你怎么自己不收服了?"温小棉说:"你别激我啊,激起我的斗志,我非把这颗钻石装兜里不可——到时候,你可别哭。"

读博一年级,最要命的就是外语。好在本科四年,英语专业,也算是你的当行本色了。那个目光灼人的大胡子外教,从来不掩饰对你的欣赏,密斯丰密斯丰,是悦耳的男中音。温小棉坏坏地说:"蜜蜂蜜蜂,我看他就是一只大蜜蜂,想钻进你这朵花心里去采蜜。洋人嘛,好是好,可是太生猛,只怕是——"你把一块巧克力掷过去,仍没有堵住温小棉的嘴。

回到寝室的时候,手机响了。你的心突地一跳。却是商场的提示电话。一个甜美的声音告诉你,某品牌的手袋最近有了新款,款款深情,一定有一款为你而生。挂掉电话,你才蓦然觉察出自己的惆怅。为什么惆怅呢?你在对什么暗怀期待?

秋天的阳光,像金粒子,在窗前跳荡。梧桐宽大的叶子,经了日光的照射,变作耀眼的金红。一个红裙的女孩子从楼下走过,长发共裙袂齐飞,在秋风中,格外有一种寥落之美。你看着那远去的身影,蓦然想起了当年的自己。当年,那青春飞扬的岁月,如花如锦。那些跳荡和尖啸,鲜衣和怒马,轻狂和青涩,都远去了。而今,你是一个二十九岁的女人。二十九。青春的尾巴稍纵即逝。你忽然感到一种前所未有的慌乱,还有恐惧。其实,来北京之前,你是抱着近乎悲壮的雄心,或者,叫作野心也好。你站在这所著名的大学校园里,仰望夜空,你对自己说,丰佩,这是你的再生之地。秋风满怀。内心澄澈。虫子的鸣叫零零落落,在某个瞬间交织成一片。一只萤火虫飞过来,幽微的光芒,在深蓝的夜色中,像一个温暖的隐喻。

然而,正如温小棉所说,你这样一个女人,怎么能够免去情爱的纠结呢?或许,二十九岁,正是一个女人的盛期。浆汁饱满,花叶葱茏。即便素面布裙,也会散发出一种醉人的气息。总有男人向你示爱,以各种各样的方式。你却一笑了之,一如既往地波澜不惊。最有意思的是,你的师弟,一个山东男孩子,高大威猛,在你面前,却是一个羞涩的小男生。他帮你修电脑,买书,跑邮局,鞍前马后,他愿意做一切,为你。你坦然接受着这一切,却并不说破。有时候,看着他从阳光下走过来,笑着,满脸的汗水,你的心忽然就感到了微疼。你暗暗骂自己的自私。你吃过感情的苦。你不该这样对他。当一个人赤膊上阵的时候,如果不是铜头铁臂,怎么能够免于刀光剑影的伤害?而你,躲在厚厚的盔甲后面,残忍地试验着寒冷的刀锋。不对等。你们不对等。然而,这个世界上,有对等的爱情吗?你轻轻吁出一口气,咬着嘴唇。直到感觉有咸的汁液慢慢沁出。

你开始给师弟介绍女孩子。一个接着一个。你指点他如何穿衣服,如何约会,如何追女孩。耐心的,细致的,家常的,亲切的——完全是师姐的口吻。你故意不去理会他的眼神。你是一个狠心的人。

还有,那个大胡子外教。公正地说,他是一个帅气的男人,五官倒在其次,那漂亮的大胡子,令他格外有一种男子气概。他喜欢你。这是学院公开的秘密。而且,大胡子外教是单身。是众多女博士的梦中人。大胡子外教叫威廉,中文名字叫魏冷。你不喜欢魏冷这个名字。你喜欢叫他 William,用地道的美音。你的口语很好,音色纯美。有时候,你也会赴威廉的约。校园里,有时是幽静的咖啡馆,最宜于情人。可是,你从来不去威廉的单身公寓。你有自己的底线。做一个有底线的人,是一件好事。它让人内心安宁。

然而,真的安宁吗?那些失眠的夜晚,你像一匹野马,在绮丽的幻想里疯狂地奔跑,奔跑。山重,水复,柳暗之后,才是花明。一些东西像有毒的蘑菇,在雨夜里潜滋暗长,也妩媚,也危险,带着蛊惑的气息和微腥的味道。你在幽暗的夜色中独自流浪,暗自芬芳,却分明触摸到了它的肥美多汁。无数次,洗澡的时候,看着镜子里那个被水汽萦绕的人,脂红粉白,如微雨中的花瓣。你能够听见它们在暗夜里盛开的呢喃和尖叫。

路由来电话的那一天,是个周末。温小棉照例不在。你靠在床头,抱着一本书,昏昏欲睡。陌生号码。你没有接。电话响了两遍。第三遍的时候,你摁了接听键。路由在电话那端说,怎么不接电话?我路由。你刹那间便恍惚了。路由在电话里说了什么,说了多久,你都不记得了。你只记住了一句话。周六晚七点,绿岛见。

后来,你不止一次向他抱怨,他不容置疑的语气,完全没有初次约会的百般迂回和小心试探。他笑,傻瓜,这叫策略。你的心突地一跳。策略。如此说来,他早早跟温小棉要了你的号码,却迟迟按兵不动,也是策略之一种了。你暗笑自己的敏感。而更多的,是自责。怎么会这样呢,像个傻瓜。甚至都没有矜持一下,哪怕是稍微示意也好。你却任由他挂掉电话,听他说,不见不散啊。嘟嘟的忙音在空气中跳荡。你握着话筒,手心里湿漉漉的,全是汗。一沓稿纸散落在书桌上,慌乱,仓促,喘息甫定。一只苹果刚削了一半,拖着长的裙袂,躺在盘子里,像一幅被随意涂抹的静物。

在后来的很多年里,有多少回,你祈祷时光机器飞速地旋转,倒流,在多年前的那个周末定格。阳光从窗子里照过来,穿越窗台上那丛茂盛的绿萝,筛下不规则的斑点。你仰起脸,让其中一片落在眼睛深处。水在杯子里,静止不动。你握着话筒,镇定地说,抱歉,不巧。我有约了。

这是真的。前一个晚上,大胡子外教约你吃饭,就在周六,晚七点,绿岛。有时候,你不得不相信,冥冥中,或许真的有一种叫作命运的东西,强硬地左右着你的人生轨迹。你是这样的一个人,外表柔弱,内心刚硬。你可以抗拒很多。可是,你无法抗拒命运。

绿岛是一家西餐厅,环境幽雅。你在侍者的导引下向深处走去。落地窗的位置,你看见路由向你颔首微笑。你穿了一件纯黑毛衣,酒红薄呢短裙,黑色软牛皮短靴,黑色风衣,脖子上绕一条酒红色丝巾。那一晚,你化了淡妆,酒红色唇彩,淡淡地打了胭脂。你不知道,灯光下的你,是多么动人。路由站起来,伸手示意,请你入座。侍者殷勤地接过你的风衣,为你送来柠檬水。灯光迷离,钢琴声缓缓流淌,像小溪,把世间的灰尘一一洗净。你慢慢喝着柠檬水,内心里有一种前所未有的安宁。路由在对面看着你。侍者布菜。菜品丰富。琳琳琅琅摆满了桌面。藤编的花插里是一枝百合,香水百合,在灯光下幽幽地绽放。后来,你一点都记不起那晚吃了什么。只记得,你们仿佛吃得很少,大多数时候,你们沉默。餐厅宁静。侍者远远地站着,等候吩咐。对面,是一个小的壁炉,烧得正好,金红的火芯子,勾着淡蓝的边,热烈,恣意,在这个深秋的夜晚,让人感到一种甜蜜的暖意。你在这种暖意中慢慢放松,沉陷。你喜欢这种沉陷。盔甲太重了。这些年,你穿着满身的盔甲,左冲右突,你累了,身心俱疲。那一晚,你喝了很多酒。你喜欢那种放松的感觉。也不仅仅是放松。是恣意,还有不羁。你是那样一个矜持的女人,紧绷,内敛,生涩,像一枚七月摘下的苹果,一把等待调试的小提琴。路由端着酒杯,看着你。他不劝你,喝,或者不喝。他不说话。他的眼睛深处有一种东西,跳跃的,明亮的,转瞬间便消逝了。柠檬片在水中呼吸,像饱满的唇,准备说出新鲜动人的语言。葡萄酒,一定是葡萄托付给秋天的梦,清澈的,晶莹的,不染世间的一粒尘埃。

　　依然是沉默。你忽然就在那种沉默里警惕了。这不正常。你想找一些话题。你不停地说。说了很多。你都不知道自己在说什么。秋风乍起,把整齐的世界吹得凌乱。壁炉里火焰跳跃,像金色的舌头,一些东西在上面隐秘地生长,滚动。那一个夜晚,你几乎说尽了千言万语。然后,你沉默了。然后,你哭了。你也不知道怎么一回事,你居然哭了。在一个陌生人面前,在一个陌生男人面前,刹那间,你竟忽然控制不住自己的泪水。你慢慢地喝酒。泪水是一场暴雨,无声地倾泻。仿佛,郁积多年的河流,忽然找到了奔流的出口。路由看着你,像看着一个转瞬间任性的孩子。显然,这出乎他的意料。他不说话,看着你。纸巾一张一张递过来,被泪水浸透,洁白的,柔软的,像风雨中哀伤的百合,落花委地,零落成泥。这么多年,你一直以为,你已经修炼得金刚不坏,百毒不侵。你从来不在人前哭泣,你只在夜的深渊中独自沉沦,用倒流的泪水,一一洗净时间的灰尘。可是,那一晚,那一瞬,你今生的泪水飞溅,你所有的伤痛汹涌而来。你听见一些经年的东西在泪水中轰然倒塌,尘土飞扬起来,把你的来路慢慢湮没。

不知道过了多久,尘埃落定,海晏河清。你从梦中抬起头来,蓦然发现自己躺在路由的怀里。

后来,你无数次重新回到那个夜晚,试图打捞起那个夜晚的一些消息,红酒,百合,深秋的风,壁炉里热烈的火焰,还有,沉默。金沙沉陷般的沉默。你只记得这些。你根本不记得,那一个夜晚,你化作了一条人鱼,在夜的河流中游弋,飞翔。春汛动荡,水草柔媚如丝,你在汹涌的浪潮中隐没,喧嚣的涛声混合着你的尖叫,那个夜晚,是情欲的乱世。

三

温小棉照常地忙。忙着写作,约会,敷衍各种各样的男人和粉丝。温小棉有很多粉丝。他们买她的书,追捧她,被她虚构的故事骗得晕头转向。他们在微博里赞美她,对着她的照片想入非非。温小棉的照片很漂亮。当然,温小棉的小说也漂亮。你一直认为,温小棉根本不必读博。要知道,学术和创作,它们完全是两回事。小说是作家的白日梦。而那些学术黑话,怎么能试图做出梦的解析?温小棉也常常大呼上当,悔不当初。可温小棉总能把自己劝开。温小棉的好处在于,不钻牛角尖。而你的坏处是,太爱钻牛角尖。这不是你说的。这是路由对你的评价。

你是在后来才知道,路由是一家文化公司的老总。那时候,路由还住在望京。房子是租来的,一居室,有些局促。路由的意思,先凑合住,迟早是要换大房子的。换就换大房,一步到位。路由说这话的时候看着窗外,一只大雁正从天空飞过。我可不愿意像老顾那样,在北京搬上十三次家。老顾是路由的朋友。老顾搬家的故事,成为大家的一个笑谈。据说,老顾搬家的队伍越来越壮大。先是老顾,后来是老顾和老婆,再后来是老顾和老婆、女儿,再后来是老顾、老顾老婆、老顾女儿,还有一只猫。老顾喜欢猫。每一次，大家想象着老顾带领着浩浩荡荡的队伍，在北京的大街上施施然穿过，都禁不住要笑。可是，路由不笑。从来不。路由最喜欢给你讲的，便是他的奋斗史。穷小子出身，没有多少文化，从穷乡僻壤一头撞进繁华京城，什么没有经历过？一路攻城略地厮杀过来，总有几段惊心动魄的故事，直让人听得一时悲凉，一时沸腾。路由的脸隐在灯影里，你看不清他的表情。可是，你分明感觉到，他的手心里湿漉漉的，全是凉的汗。在那一瞬，你忽然对眼前这个男人心生疼惜。你抱住他的头，把它揽在自己怀里，像一个母亲。有时候，你不得不承认，女人的母性，是一种本能，它会在刹那间勃发，比情欲更让人血脉贲张。

秋天是北京最好的季节。这是真的。晴朗的日子里，天空高远，极目眺望，让人有一种温柔的眩晕。而大地，是饱满的果实，又绚烂，又寂静，不动声色，而汁水充盈。你喜欢秋天。那是你生命中最好的季节。

读博的生活，怎么说呢，跟想象中还是不同的。忽然就有了大把的时间。自己喜欢的学校，喜欢的专业，还有，喜欢的人，都在这里了。上帝怎么可以如此眷顾一个人呢，有时候，你不免暗自庆幸当初的选择。或许，北京真的是你的福地。正如人一样，城市也是有气质的。这个城市，大气，包容，是大海，可以纳百川。你喜欢北京的气质。有时候，你站在过街天桥上，俯身看着大街上浩荡的河流，车的河流，人的河流，灯光的河流，灿烂的，斑斓的,像一个真实的梦幻。高大的建筑物兀自沉默着,把变形的影子投在墨蓝的天空背景上。你扶着栏杆,静静地看着脚下的夜晚,长久地看着。有小贩过来兜揽生意,你微笑着同他砍价,也不怎么认真。风钻进你的长衬衣里,跟路由一模一样的长衬衫。你抱着那个笑眯眯的小兔子,慢慢从天桥上走下来。是个胖兔子,红裤绿袄,笑得没心没肺。

深秋的北京是风情万种的。郊外,旷野寥廓,大片大片的草木,金黄、金红、暗金、深褐,错杂在一起,斑斓极了。湖水明净,是大地的秋波。风轻轻掠过,脸上的绒毛微微颤抖,毛茸茸地痒。一只野鸟在湖边徘徊,头颈低垂,线条忧伤动人。大胡子外教拿着相机,兴奋得像个孩子。他时而奔跑,时而趴下,相机在他手中仿佛有了生命,他携着它,在光与影的变幻中一起历险,时时发出天真的惊叫。看着大胡子那亮晶晶的眼睛,牛仔裤上的草屑和尘土,鞋带松了,泥巴令那只黑色的耐克面目全非。你觉得这位英国的绅士,真是可爱极了。你自然也成为他镜头里的主角。你笑着,长发飞扬,红晕满面。秋天的太阳柔软醇厚,像酒,为你镀上一层金色的光晕。大胡子忽然跑过来,在你的额头上轻轻一吻。你没有反抗,也没有逃跑。为什么不呢?这个可爱的人,他就是一个孩子。不是吗?

不远处,温小棉正在同一个韩国留学生调笑。那男孩子生得眉眼清俊,肤色白皙,说话动辄脸红,眉梢眼间,有那么一点女儿态度。温小棉是何许人,哪里肯放过他?端着一杯冰淇淋,一小口一小口慢慢吃着。她把那薄薄的木片在唇齿间细细地吮吸着,眼睛却一瞬不瞬地看着对面的人,一直看到他的眼睛里去。那男孩子究竟年纪轻,哪里经见过这样的阵势,早把一张脸飞红了,眼睛躲闪不及,慌乱间一眼撞见那红唇,像是被烫着了一般。待要挣扎着坐起来,早被温小棉轻轻擒住,把尖尖的食指点住了他的下巴颏,逼他用蹩脚的汉语,结结巴巴地谈对她新书的感受。那男孩子哪里招架得了?只好胡乱说了。温小棉歪着头,一面吃冰淇淋,一面认真听着,也不知听到了什么,纵声大笑起来。草地上两只灰肚喜鹊,吃了一惊,扑棱棱飞走了。只留下细细的羽毛,若有若无,在金色的秋阳里活泼泼地游动。你忽然有些不忍,正待走过去解围,却见那边已经安静下来。那男孩子半跪着,正伏在温小棉身上,帮她一下一下地往眼睛里吹气。温小棉嘴里轻轻叫着,说轻点,轻点你!这样怎么能吹出来?

秋游有一个节目是摘栗子。你不知道,在京郊,还有这样大片的栗子树。那是你第一次看见栗子树。树林茂密,偶尔有几点阳光漏进来,跳跃着,散落一地的碎金子。大家都走散了。温小棉和那个男孩子也早已不见踪影。只有大胡子忠诚地陪着你,不离左右。这一回郊游,他收获最大。那个帆布大背包装得鼓鼓囊囊,都是他的宝贝。鹅卵石。鸟蛋。一大束芦苇,飞着白花。一只风干的大葫芦,色泽金黄,像美人颈,有着美好的曲线。你嘲笑他。他便笑,Take autumn home,把秋天带回家。你看着他那华美的大胡子,还有大胡子里流溢出来的笑容,在那一瞬,你忽然觉得,这个大胡子英国人,他是一个真正的诗人。

四

那时候,望京还没有这几年热闹。北京简直是一个大工地。到处是建设中的大楼。脚手架矗立着,高得让人心惊。成群的农民工,戴着黄色的安全帽,蹲在马路牙子上吃馒头。他们盯着来往的行人,眼睛深处意味复杂。夏天的午后,他们就那样在马路一旁躺着,伸手伸脚,满不在乎地睡觉。罐头瓶子充作水杯,在边上随便扔着。颜色暧昧的毛巾,此时搭在眼睛上,遮住日光,也遮住外面世界的喧嚣。嘴巴微微张开着,脸色黝黑,是憨厚的乡下人的相貌。他们在梦里,该是回到故乡的田野了吧。或者,是梦见了老家的女人,还有孩子——忽然间,他们咧嘴笑了。路由的住所旁边,就有这样一个工地。也不知道为了什么,那几年中,大楼一直没有建起来。周末,去路由那里,那个工地是你的必经之路。

应该说,路由是一个勤奋的人。在北京,多的是路由这样的外省青年。他们从最底层干起,尝尽艰辛,一步一步,努力向前冲。他们的人生理想,是在这个城市扎下根,发芽,开花,结果,绿树成荫。路由不止一次跟你说,丰佩,我一定要努力。一定。你揉着他的头发,说当然。你已经很努力了。你这话不是安慰,是事实。路由的手机永远繁忙。路由对着电话,以各种各样的语调和神情,跟人家说话。有时候,你看着路由兢兢业业的样子,心里某个地方会有一种细细的疼。

你们很少外出。路由忙。而你,是因为心疼,心疼他的人,心疼他的钱。你们很少去大商场购物,去饭店吃饭,去喝咖啡,去旅游。到了这个年纪,除净了青春的火气,你早已经没有了那种小女孩的虚荣心。大多数时候,你们会在家里,在路由那个局促的一居室。你为他洗衣服,擦地,收拾房间。你穿着家常的衣裳,头发挽起来,到楼下的菜场买菜。为了一把葱,跟人家讨价还价。立在鱼贩子身旁,看人家杀鱼,等人家把鱼子从主顾们的鱼肚子里掏出来,留给你。路由喜欢鱼子。菜场真是让人归顺生活的地方。蔬菜,粮食,水果。排骨在利刃下快乐地尖叫。母鸡卧在笼子里,等待着被某个人从尘世救赎。豆腐是洁白的。而花生油金黄。你拎着篮子在人群中穿梭,忽然发现,你无比热爱这充满人间烟火的俗世,你比以往任何一个时刻,都眷恋这如岩浆般沸腾的火辣辣的生活。

你从小娇生惯养,不谙厨艺。可是,在路由那个阳台改造的小厨房里,你脱胎换骨,习得一身好功夫。路由在书桌前写东西。你扎着围裙,在厨房里煎炸烹煮,像一个真正的主妇。抽油烟机訇訇响着。葱花在热油中噼啪爆裂,一滴油飞起来,溅到你的手背上。你把手背放到嘴边,飞快地吮一吮。

灯光下,你们默默吃饭。清蒸鱼的香气在狭小的空间里流荡。窗帘低垂,挡住了世间的灰尘。这是你们的世界。温暖,妥帖,安宁,却暗流涌动。你喜欢这样的夜晚。

  你从来没有问过,路由是不是喜欢。你想,路由一定是喜欢的。怎么能不喜欢呢?那些美好的夜晚,那些夜晚中最令人心醉的段落,那些华彩的章节,那些你愿意用一生来回味的旖旎情致。怎么能不喜欢呢?

五

  那一阵子,你和温小棉没有碰面。你在的时候,她不在。她在的时候,你却不在。只有在学院的活动中,你们才难得一见。短信也很少有。你们之间,有那么一点君子之交淡如水的意思。那一回,学院里有个会议。一进小礼堂,一眼看见温小棉立在门旁听电话。温小棉换了发型,妩媚的大卷,随意散在肩上。偏留了齐眉的刘海,有一种小女孩的稚气。温小棉看见你,冲你挥挥手。你站在一旁,等她收线。

  窗外,是一个小园子,叫作来园,种了许多竹子。深褐色的叶子,在风中瑟瑟抖动,格外生出一种萧索的意味来。池塘里的水,已经瘦了。再没有当日荷叶田田的胜景。一只麻雀,在午后的阳光里流连,自得其乐。温小棉走过来,研究般地看着你的脸。怎么样?你不知道她指的是什么,只有含糊地说,还好。温小棉忽然叹口气,说,那就好。你问,你呢?温小棉笑,绯闻缠身啊。你也笑,你就不能从此金盆洗手,做个良家妇女?温小棉笑起来,这个——太难了。主席台上的麦克风清了清嗓子,会议马上就开始了。

吃饭的时候,你才知道,温小棉正陷入一场"日志门"。温小棉在博客里写日志。本来,都是一些无关痛痒的东西。有话则短,无话则长。写下来的,全不是要紧的。因为在博客里公开,多少就有一些表演的成分。既是表演,便一定会有观众。温小棉是当红女作家,观众的好奇心便会更大。观众需要在温小棉的博客日志里了解她的生活,哪怕是生活的碎片。居然就有好事者发现了蛛丝马迹。温小棉用意识流的手法,在日志里记述了她的种种小纠结,小闲事,小忧伤,小甜蜜。温小棉的文字性感柔媚,饱满多汁,一时跟帖无数。有网友进行了文本细读与分析,把温小棉的私生活撩起神秘一角,让人浮想联翩。似乎,每一句话都是一个故事的隐喻,每一个标点,都有深意存焉。一时间舆论大哗。

是自助式西餐。你端着盘子到处寻觅温小棉的身影。大胡子外教坐在南边的角落里,远远地冲你招手。你摇摇头,用微笑婉拒了。可你很快发现,大胡子外教对面,分明坐着温小棉。

记住,毁满天下的时候,正是誉满天下的时候。温小棉刀法娴熟地切割着一块牛排,优雅地叉起来,小心翼翼地送进嘴里。牛排不错。她评判道。举起酒杯,说,多大点事儿啊,来,干。大胡子外教去取水果了。温小棉偏过头,看着你的脸,你,还好吗?你默默啜了一口红酒,说还好——老样子。温小棉说,恋爱中的女人啊,你不该如此忧郁。你扑哧笑了,谁忧郁了?温小棉说,忧郁怎么了,忧郁是一种高贵的情绪——我倒是想忧郁——温小棉从大胡子的盘子里夹了一块木瓜,说,多吃这个,宝贝。大胡子问,为什么?温小棉笑起来,治疗忧郁啊。

小酒吧很特别,一幢小木屋,独自立在水边。灯光明明灭灭,跌进水里,一湖的碎金烂银。有人正从桥上走下来,唱着一支不成调的歌,温柔的,低沉的,忽然间,不知道为了什么,就不唱了。立在水边,默默地看水。大胡子外教看着那人的背影,说,他一定是失爱了。失爱。大胡子外教的汉语不错。白兰地加了冰,有一种特别的味道。爱情是什么呢?仿佛舌尖上的那一点毒。温小棉的手机放在桌子上,不停地震动,旋转。她偶尔拿起来,漫不经心地看一眼,就又放下了。大胡子外教端着杯子,也不怎么喝,不停地朝那手机看。温小棉用英语骂了一句粗话,起身去洗手间。

大胡子外教说,密斯丰,没什么事情吧?透过酒杯,他的大胡子像原始森林,茂盛而湿润。你一惊,没有啊。哦,那就好。那就好。他笑了。他的笑容像春天的白玉兰,在黑色的原始森林中瞬间绽放。温小棉回来了,已经仔细补过妆。她一面拿起手袋,一面说,抱歉,我有点事,失陪了。然后把嘴附在你耳朵边,说,亲,别那么假正经——放松点。

博士楼在校园的西南角,被一片小树林隔绝开来,安静极了。你一个人躺在黑影里,睡不着。不知道是什么夜鸟,嘎地叫一声,沉默半晌,又叫一声。路由没有信息来。一直没有。你也没有说话的欲望。有几次,你把写好的短信慢慢删掉,一个字一个字地,像鱼在水面上艰难地吞吐。

那一阵子,路由特别忙。他的公司正处于上升期,在业界声名鹊起。永远加班,永远有忙不完的业务和应酬。多少回,他向你抱怨,抱怨忙、累、乱。长恨此身非我有,何日忘却营营。感叹功名利禄如过眼浮云,而人生苦短。然而,你还是从他的口气里听出了得意,听出了青云直上纵马长街的快意。你笑,你不说破他。你只是轻拍着他的背,抚慰他。你怎么不知道,在多年的卧薪尝胆之后,此时的事业顺达,多么令他豪情万丈。男人是需要战场的。男人,有哪一个男人不喜欢叱咤风云,在人生的战场上所向披靡?累,当然累。然而精神是好的。你喜欢看路由雄心勃勃的样子,谈起工作,谈起他心爱的事业,那种胸藏乾坤的神态,倒不像那个温雅斯文的路由了。当然了,路由不是书生。骨子里就不是。然而,从一开始,你怎么就莫名其妙地认定,路由就是那个郁郁不得志的读书人,有了你的红袖添香之后,便是一马平川的锦绣好前程?或者,完全是另外一种。历尽千难万险,英雄失路。而彼时彼境,你是否还将用你的似水柔情,细心收拾破碎的江山,在这场悲剧中出演完美的女主角?不知道。你真的不知道。人生无法预设,生命中没有假如。更重要的是,路由身上的某种气息让你怦然心动。工作中的路由,有一种霸气,杀伐决断,一剑封喉。你喜欢这种霸气。你看着他在电脑前忙碌。他的背影坚毅,冷峻,像岩石,让人觉得安全,又让人有一点望而生畏。你把热牛奶递给他,隔着袅袅的热气,有那么一个片刻,你看不清他的表情。他在他的世界中行走。你看着他,咫尺之近,天涯已远。你忽然感到一种莫名的恐慌。是恐慌,不是孤独。你不害怕孤独。在之前的许多年里,你曾经那么热爱孤独,享受孤独。你熟悉它,就像熟悉一个多年的老友。你为什么感到恐慌呢?没有道理。真的是没有道理。女人是莫名其妙的动物。你想起了路由的话。那一次,你跟路由吵了架。忘了是因为什么。好像是一件小事,小得,怎么说呢,在后来想起的时候,觉得不值一提,觉得荒唐可笑。然而,在当时,在特定的语境之下,却是一个无法逾越的关隘。路由看着你满脸的泪痕,说,女人真是莫名其妙的动物。路由叹口气,把你揽住。

六

事情是从什么时候发生变化的呢?你说不好。爱情这件事,怎么说呢,是一件让人无可奈何的事。空幻,脆弱,缥缈,不可捉摸。在某种程度上,它是一种命运。而命运,谁能够对命运指手画脚呢?

路由越发地忙了。他的事业越做越大,应酬越来越多。他像一个空中飞人,往返于各个城市之间。你们见面的时间越来越少。三天,五天,一周,甚至,一个月。然而还好。小别之后,你们依然热烈。暗夜中,路由的呼吸在枕边起伏。钟表克叮克叮走着,是时间的飞箭。它究竟能够洞穿什么？阳台上晾着新洗的衣裳,长长短短的,在窗帘上映出参差的影子。屋子里还残留着鸡汤的香味,夹杂着浴液的植物气息。床头柜上是凌乱的纸巾。红酒杯没有洗,在落地灯下伶仃地立着。是一只。你们早已经习惯了共用一只酒杯。而睡前的小酌,也是你们难以割舍的嗜好了。你睁着眼睛,盯着虚空中的某个地方。夜晚宁静,空明,清澈,你却分明看到有一些东西,已经悄悄潜入你们的生活。

你想着温小棉的话。丰佩,你这个傻女人。温小棉说这话的时候,已经喝多了酒。丰佩,凡事,都怕看破。要看破,丰佩。看破,放下,随缘,自在。你懂吗,丰佩？——看来,温小棉是真的醉了。温小棉从来不哭。温小棉只有在喝醉酒的时候,才会大哭,掏心掏肺的,直着嗓子,像个孩子。其实,私心里,你更喜欢醉酒的温小棉。温小棉的妆乱了,铅华被泪水洗尽。温小棉的眼神清澈,可以映照出世界的影子。酒后的温小棉显得脆弱,无助,彷徨,像街头迷路的小女孩。温小棉,她浑身都是伤口,看不见的伤口,只有在酒中沉溺,才能够感觉到疼痛。你心疼她,这是真的。温小棉一手托腮,一手拿酒杯,一面喝酒,一面流泪。你心疼这个时候的温小棉。在这个世界上,除了爱情,还会有什么,能够让一个女人如此哀伤?温小棉不说话,只是喝酒,流泪。你不问。一句都不问。有很多事情,是不能问的。有很多时候,是不可说的。在事物的真相面前,语言是多么贫乏,无力,苍白。它永远言不及义。

温小棉是多么厉害的女人啊。温小棉在人生的戏台上手挥目送,长袖善舞,翻覆之间,足以颠倒众生,令风云变色。而她自己,则站在舞台一侧,坐看风生水起。在小说中,温小棉躲在虚构的世界里,世事洞明,人情练达。她把天下的坏事做尽,把世上的好人做绝。她踏遍荆棘,阅遍群芳。她谙尽人间的甘苦。她知道一切。温小棉仿佛一个女巫,她站在云端,偶一开口,就说出了全部的秘密。温小棉是一只精灵。可是究竟为什么,她闪转腾挪,也最终逃不脱命运的流矢?

七

有一天黄昏,你去学校图书馆还书。夕阳已经坠下去了。西天上,还有最后一抹晚霞,把大楼的玻璃幕墙映得流光溢彩。校园里很寂静,到处是鸟鸣。也不知道,怎么会有那么多的禽鸟,在这个古老的校园里栖息。凌霄园里是一片柿子树,此时都已经落尽了叶子,显出萧索的气象。树梢颤动,有隐约的风声。广播里,一个女孩子在娓娓地说话,她的嗓音很好听。清越的回声在空气中摩擦,碰撞,有一种空灵的味道,也听不清楚她在说什么。该是本科的小孩子吧,新鲜的容貌,兴奋的喘息,甚至,连停顿都是紧绷的,懵懂,羞涩,却是跃跃欲试,试探这世界的深浅。一颗心毛茸茸的,颤动,不安,像雨中的花苞。又仿佛一幅素笺,干净的,空白的——即便有,也是底子上浮动的影子,淡淡的,缥缈的,几乎作不得真的——什么都可以有,什么都还来得及。

来来往往的,随处可见亲密的情侣。大学校园,真的是爱情的温床。转过体育馆,网球场旁的草地上,你看见了师弟。没错,是师弟。他背对着你,正低头跟一个女孩子说话。那女孩子短发,人中稍稍有一点短,显得稚气。俏丽倒是俏丽的。玫瑰红的风衣,在风中一曳一曳。师弟专心地埋头说话。黑夹克下露出白色的棉衫,牛仔裤很紧,绷出一双有力的长腿。不知道说到了什么,那女孩子低头一笑。你忽然记起来,一直以来,师弟是喜欢长发的。红风衣下摆宽大,在风中飘曳,莫名其妙地,你想到了旗帜。旗帜。你这是怎么了?

此时,你才恍然惊觉,已经很久没有师弟的短信了。在相当长一段时间里,师弟的短信是你手机的常客。也没有别的,只是闲聊。他说,吃饭了吗?他说,在做什么?他说,天真冷,多穿衣服啊。他说,传达室有一包糖炒栗子,热的,下楼的时候别忘了取。他说,在书店看到了你要的那本书,什么时候拿给你吧。他说,下雨了……女孩子般小噜苏。一直以来,你已经习惯了这种小噜苏,琐屑,温暖,无害,安全。如果说,你和路由的爱情是熊熊燃烧的篝火,而这些短信,该是红泥小火炉。是酒足饭饱后,可口的甜点。你享受着舌尖上那一点芬芳,惬意,安然。你从来没有问过,这芬芳究竟来自何处。它不是风中任意绽放的花朵,它来自一个男孩子的内心,是内心的花园里酿造的隐秘的果实。

那抹最后的晚霞渐渐消逝了。暮色四合。空气中有一种植物汁液的气息,湿湿地扑在脸上。天空是深蓝的。月亮又细又弯,暗黄的,胆怯的,有一点怕寒。你近乎恐惧地看着它,仿佛一不留神,它就在那深蓝的背景上融化了,消失了,再也找不到了。文学院周围的草地上,已经亮起了地灯,萤火虫的造型,星星点点的,就在你的脚边。

八

那一年的第一场雪,是在圣诞节前夜。

雪真大啊。你坐在窗前,看着雪花纷纷落落,天地间白茫茫一片,干净极了。路由还没有回来。他说临时有应酬,一个重要的客户。你没有开灯。透过窗子,皎洁的雪色映进来,圣诞树上的小饰物发出暗淡的光泽。那是你精心挑选的圣诞树。还有那个红袍的圣诞老人,他的笑容在昏暗的光线中显得神秘莫测。这一向,路由的应酬格外多。你从来不追问他的行踪,像大多数女人那样。从来不。你不愿意把自己变成一个怨妇。你只是微笑,说,好,好的。你不要任何解释。你是一个那么自尊的人,还有你的教养,任何与此相悖的事情,都不可能发生。路由是一个事业心重的人。而你,喜欢男人在事业上勇猛精进。

本来,你们说好要一起过圣诞的。路由嘲笑你,说中国人过的哪门子圣诞!你也不争辩,只是笑。在你,圣诞节,无非是寻个名目欢聚罢了。更何况,这圣诞节是有典故的。这是你们之间的一个秘密,闺帷间的小秘密。你知道,路由也知道。你们之间心有灵犀。其实,怎么说呢,一直以来,你和路由,是那么甜美的一对儿。无数个如火如荼的夜晚,你们把自己的灵与肉,馈赠给彼此,体恤,理解,怜惜,珍摄。你们在爱的深渊中坠落,沉醉于那种死亡般的极致,浓黑的光亮,破碎的完整,痛楚的甜蜜。你们像贪玩的孩子,有多么狭仄就有多么辽阔,有多么荒芜就有多么丰美。那些夜晚华美丰詹,熠熠生辉,它是你们的。它不属于这个世界。

有短信不停地进来,都是祝福短信。美丽的语言千篇一律,连纷飞的雪花都是相同的形状。简单,快捷,方便,这是现代人表达感情的方式。没有路由的消息。

饭菜已经冰冷了。鱼在盘子里躺着,保持着受难时的姿势。芥蓝熬尽了青春,老了容颜。汤在盆里。酒在杯中。醉虾已经睡着了。米饭心灰意冷。

窗外的雪,还在下着。大片大片的,如同受伤的鸟抖落的羽毛,有一种不可言说的凄美和决绝。寂静包围着你,雪一样冰凉,雪一样惬意,雪一样柔情千种。多年以后,你一次又一次回到当初,回到那个大雪纷飞的圣诞之夜,你忽然对一切心生感激。生活是诚实的,它不会说谎。你只有诚实地看着它的眼睛,才能够从中看到某种真相。你觉得释然。那一种紧绷之后的松弛,仿佛彻夜狂欢后才能够拥有的宁静,还有疲惫,惬意的疲惫。或许,你和路由的爱情,注定要在那个寂静的雪夜走向终结。

不为什么。什么也不为。

后来,你从来没有提起过那个圣诞之夜。路由也没有。就是这样。

你在那个寂静的雪夜枯坐。想了很多。又仿佛,什么也没有想。清晨醒来的时候,雪已经停了。你拉开窗帘,早晨的阳光莽撞地扑进来,映射着雪色,一下子刺痛了你的眼睛。

学院里的圣诞 party(聚会)总是具有狂欢节的味道。而化装舞会,是其中最激动人心的段落。差不多,狂欢的大多是 **freshmen**(大学新生)。他们热情如火,打算把整个世界点燃。你在一群狂欢的人群中自斟自饮。周围的一切渐渐退潮,化作遥远的背景。这辽阔的世界,只剩下了你,一个人。音乐狂野奔放,你在这喧闹的河流里纵情游弋。你不知道,你天生是舞场上的皇后。你裙袂飞扬,两颊酡然,目光如醉。你的长发仿佛一匹黑色的绸缎,不,是火焰,黑色的火焰,在音乐的长风中愤怒地燃烧。高跟鞋被你甩掉,你赤着脚。到处是戴着面具的假面人,端着别人的酒杯,浇自己的块垒。你对他们不屑一顾。你愿意以真实面目示人。你热爱真实,丑陋的真实,胜过美丽的谎言。掌声,口哨声,喊声,笑声,像黑色的风暴,把你渐渐湮没。巨大的眩晕中,灯光迷乱,人影幢幢,世界飞快地旋转,旋转。身体仿佛羽化一般,在纷乱的幻象中飞翔。前所未有的快乐。前所未有的忧伤。你在瞬间挣脱那根红色的丝带,从尘世逃逸。天阔云闲,你的笑声在天际回荡。

不知道过了多久,你从黑咖啡的香气中抬起头来,惊讶地发现大胡子外教坐在对面,正专注地看着你。他扬手吩咐侍者把你的苏打水撤掉,换上蜂蜜牛奶。你看着他的蓝眼睛,说:"William,我,是不是很失态?""No(不),"威廉说,"Tonight is yours(今夜你是女王)。"萨克斯的声音隐约传来,牛奶的热气扑上你的脸。你恍惚记得,你喝了很多酒,红酒。从那一个的秋夜,你便不可遏止地爱上了红酒。你爱它。它是你生活的一部分。在无数个孤独的夜晚,或者清晨,你与红酒相对,自斟自饮。自斟自饮。这个词真好。又柔软,又坚硬。暗藏了因与果的隐喻。"密斯丰,你还好吗?"你笑了一下,说:"好,很好。"威廉说:"可是,你不快乐。"你笑起来:"不用担心,William。"威廉耸一耸肩。蜂蜜牛奶的香甜在舌尖弥漫,带着一点涩,丝丝缕缕,渗入心底。有电话进来,是路由。"你在哪?"路由的声音听上去还算平静。"我在哪? 我也不知道我在哪。呵呵。""丰佩——"路由在电话那端克制地叫道,"丰佩——你又喝了酒吧,你看看你现在成了什么样子! 一个女人,半夜里——"你把手机轻轻放在桌子上,任路由在电话里说。威廉紧张地看着你的脸色,他不知道发生了什么。你慢慢喝光了你的牛奶,冲他一笑:"我想再来一杯,would you mind(你介意吗)?"

九

那一年的冬天格外寒冷。一场又一场大雪,把白天和夜晚覆盖了。学院里主办一个国际学术会议,阵势很大,你既是主办方的工作人员,又是被邀请与会的青年学者,除会议的一应琐事之外,你还要提交主题发言。说是发言,其实相当于一篇论文,中英文两个版本。你忙得焦头烂额。那一阵子,你基本上住在学校。偶尔,也会接到路由的短信,或者电话。路由似乎更忙了。你们两个,仿佛两只飞速旋转的陀螺,却有各自的中心。即便偶然相碰,也不过是一个趔趄过后,又回复到先前的平衡。有时候,你会有瞬间的恍惚,你和他,那个叫路由的男人,你们真的曾经相爱吗?

温小棉也忙。她的"日志门"事件不但没有渐渐平息,反倒有愈演愈烈之势。有了网络的推波助澜,温小棉越发火了,总有各种各样的出版商来找她。写什么内容且不论,只"温小棉"这三个字,便是一个耀眼的标签。没办法,市场认这个。温小棉倒是镇定得很,宠辱不惊的样子,照例是写作,约会。同出版商谈起银子来,却是一副铁嘴钢牙。

那一阵子,温小棉正忙着她的新书发布会。新书的名字叫作"舞蹈",或者"暧昧"。依然是温小棉式的风格,有点标题党的意思。新书发布会阵容豪华,在京各大媒体几乎全部到场。主流的,非主流的,各路大牌评论家也都前来助阵。官方的,民间的,传统的,先锋的,著名作家、文化界大腕也都来捧场。你看着温小棉笑盈盈地往来应酬,心里不禁惊讶于这个小女子的神通广大。发布会结束后,是出版方宴请。你站在门旁,准备跟温小棉打声招呼便离开。你手头还有一摊子事要做。你用目光在人群里寻找。你看见温小棉正跟一个人说话,把手拢在唇边,很私密的样子。你看着那人的背影,本白色毛衣,烟灰色羊毛外套搭在臂弯里。路由!你看见温小棉朝你招手,路由慢慢转过头来,看着你,脸上的笑容还没有来得及收敛。

觥筹交错。温小棉像一只燕子,在她的春天里停停落落。飞到哪里,都是烂漫的春光。你默默地喝酒。你是典型的学院派。在这样繁华动人的场合,第一次,你感到了自己的格格不入。路由在同人家寒暄,朗声笑着,有着强烈的感染力。路由的头发洁净蓬松,鬓角整齐,光溜溜的下巴,不留一点胡楂儿。容光焕发。这个词跳到你的脑子里,刺痛了你的心。然而,你却微笑起来,偏过脑袋,看容光焕发的路由把杯子里的酒一饮而尽。旁边的餐桌上爆发出一阵笑声。温小棉正逼着一对人喝交杯酒。被逼的人都是半推半就,在众人的哄笑声中,倒真像一对羞涩的新人了。"多吃点菜。"不知什么时候,路由已经为你夹了几只基围虾。"你喜欢吃虾。""谢谢。"你的声音平静,内心里却是千军万马。这样的场景,已经多久没有了?

那一年,你真正见识了北京的冬天。到处是冰雪。寒风在城市里跑来跑去,呼啸着,带着尖厉的哨音。赭红色的隔离板被吹得吱嘎作响。里面,是仿佛永远也无法竣工的工地。多少次,你从这狼藉的工地上穿过,去路由那儿。你不喜欢那种赭红色,那暗沉的色调,窒闷而阴郁,总让你想起凝固的血。你小心翼翼地从隔离板下面走过。路灯或许是坏了,周围一片漆黑。你的后背渐渐漫上一层凉意,你加快了脚步。冷风吹彻这个寒夜,一点点洞穿你。你从来没有像今天这样强烈地感到,穿过工地的这一条小路,是如此漫长。你渴望尽快走过这一片工地,到达小区门口。你猜想,这个时刻,晚上,九点半,传达室的老伯一定还没有休息。你渴望看到那一扇窗子里透出的温暖的灯光。

灾难是在瞬间降临的。就像爱情。

你感到一片乌云滚滚而来,压在你的头顶。你想呼喊,喊路由。可是,你却被一片巨大的黑暗吞噬了。

路由去停车。

小区很老了,没有停车场。路由不得不把车停在附近的小广场上。如果是往常,你会一直坐在他身旁,等他把车停好,一起下来。

可是,那一个冬夜,不比往常。

其实,宴会中途的时候,你便想悄悄离开。有的是捧场凑趣的人——温小棉应该不会介意吧。刚走到门口,却见路由匆匆出来,已经穿上了他的外套。"要走吗?"你点头。"我送你。""不用。谢谢。""小佩,我们好好谈谈吧。"

谈谈。谈什么呢? 你正在犹豫,路由已经很熟练地把车开过来,为你拉开车门。

夜色中的京城一掠而过。华灯闪烁,仿佛满天的星星跌落下来,点缀着荒冷的人间。车里放着一首英文歌——*Speak Softly Love*,深情婉转,是你喜欢的旋律。你在这旋律中慢慢沉陷,往事如烟。胸中似有千言万语,却一句都说不出来。路由也沉默。空气仿佛凝滞了。你甚至能够感觉到时间缓慢爬过的痕迹。路由专注地开车。灯光透过车窗打在他的脸上,跳跃不定。空调温暖宜人,让人昏昏欲睡。

当路由说"到了"的时候,你才蓦然发现,已经到了望京。你不知道,路由为什么要带你来他的住所。你在瞬间有一种莫名的恼火。事先,他并没有征求你的意见。也许,仅仅是谈谈。你劝慰自己。也好。你的一些东西,一些零碎用品,还在这里。你想,或许,你应该把它们收拾清楚,带走。你下了车,有一些负气的意思。

"我很快就来。"路由说。

路由骗了你。

"我很快就来。"后来,你耳边一遍一遍地响起路由的这句话。

那个寒冷的冬夜,当隔离板突然砸向你的时候,一个起夜的农民工听到响声,跑过来,奋力撑起那倒塌的铁板。你瘫软在地上。那是个木讷的中年人,却结实,只穿着秋衣秋裤。在随后赶来的路由的质问声中,农民工由于紧张,还有寒冷,瑟瑟发抖。路由一定是误会了。你曾经多少次向他抱怨过,工地旁那些农民工,意味复杂的眼睛。路由愤怒地揪住那个人,两个男人打了起来。工棚里跑出来几个农民工。他们看到的场景是,一个衣冠楚楚的城里人,在欺负自己的同伴。他们的血沸腾了。或许,他们只是想教训一下猖狂的城里人,给他一点颜色看——没有老子们的流血流汗,哪里有兔崽子们的好日子!可是,他们万万想不到,城里人那么脆弱,像瓷人,一碰,就碎了。

路由走了。再也没有回来。

路由骗了你。

+

你从丽江休假回来才知道,温小棉出国了。

大胡子外教把一本书稿交给你。是温小棉的新书稿。淡的咖啡色,毛边,名字叫作《人生若只如初见》。扉页是副题:致亲爱的岁月。

夜深了。你还在灯下,读温小棉的信。

丰佩:

  当你读到这封信的时候,我已经在千万里之外,尽情享受加州的阳光了。

  我的时间不多了。(这是蹩脚的小说家惯用的一个恶俗的桥段,呵呵。)

  所有你想知道的,都在这本书里。在你离京的这段日子里,我用两个月,六十个日日夜夜,用文字,走完了我的一生。至少,是一生中最亲爱的岁月。

  你知道,我是那样一个贪心的人。我热爱生命。热爱男人。热爱名利。热爱爱情。我轰轰烈烈地活过。我从来不曾后悔。

  请原谅我。原谅路由。原谅一切。原谅这个世界。

  永别了。

小棉匆笔
2012 年 3 月 10 日

出走

从家里出来,陈皮心里轻轻舒了一口气。周末的早晨,整个城市还没有从睡梦中醒来,一切都是恍惚的。阳光从树叶的缝隙里漏下来,新鲜而凌乱,他仰起脸,有一点阳光掉进他的眼睛里,他闭了闭眼。

在路边的摊子上吃了早点,陈皮拿手背擦一擦嘴,打了个饱嗝。这个饱嗝打得响亮,放肆,无所顾忌。陈皮心里有些高兴起来。旁边有个女人走过,穿着松松垮垮的睡衣,蓬着头发,脸上带着隔夜的迟滞和懵懂,看了他一眼。陈皮没有以眼还眼。他只是略略地把身子侧了侧,有礼让的意思。其实,陈皮顶恨女人穿睡衣上街。睡衣是属于卧室的,怎么可以在大街上展示?简直连裸体都不如。陈皮知道自己未免偏激了,也就摇摇头,笑了。然而,他终究是有原则的人。旁的人,他管不了。可是艾叶,他一定要管。

想起半夏,陈皮的心里就黯淡了一下。昨天晚上,他同艾叶吵了架。怎么说呢,艾叶这个人,哪都好,就是性子木了一些。

这个缺点,在做姑娘的时候,是看不出来的,甚至,还可以称得上是优点。一个姑娘,羞怯,畏缩,反倒惹人怜爱了。当初,陈皮就是看上了她这一点。陈皮很记得,那一回,他们第一次见面,在滨水公园。是个夏天,艾叶穿一件月白色连衣裙,上面零星盛开着淡紫色的小花。夕阳把她的侧影镀上一层金色的光晕,毛茸茸的,陈皮甚至可以看得清她脸颊上细细的绒毛。陈皮深深地吸了一口气,试探着去捉她的手,她没防备,受了惊吓一般,叫起来。附近的人纷纷掉过头来,朝他们看。陈皮窘极了,简直想找个地缝钻进去。可是,艾叶的那声尖叫,却久久在他耳边回响。还有她满脸绯红的样子,陈皮想起来,都要不自禁地微笑。真是一个可爱的姑娘,陈皮想。可是,从什么时候,事情发生了变化呢?陈皮蹙着眉,努力想了想,也没有想出来。

街上的市声喧闹起来,像海潮,此起彼落,把新的一天慢慢托起。陈皮把两只手插进口袋里,漫无边际地走。有小贩匆匆走过,挑着新鲜的蔬菜瓜果,水珠子滚下来,淅淅沥沥地洒了一路。陈皮看一眼那成色,要是在平时,他或许会把小贩喊住,讨价还价一番,买上两样。可是,今天不同。今天,他决心对这些琐事,漠不关心。郝家排骨馆也开张了。老板娘扎着围裙,正把一扇新鲜的排骨铺开,手起刀落,砰砰地剁着。骨肉飞溅,陈皮看见,有一粒落在她的发梢上,随着她的动作,有节奏地颤动。陈皮不忍再看,把眼睛转开去。艾叶最爱郝家排骨。可是,又怎么样?陈皮有些愤愤地想。她爱吃,自己来买好了。反正,他不管。

　　一片树叶落下来,掉在他的肩上,不一会,就又掉下去了。陈皮抬手擦了一把汗,他有些渴了。若在平时,周末,他一定是歪在那张藤椅里,在阳台上晒太阳。旁边的小几上,是一把紫砂壶。他喝茶不喜欢用杯子,他用壶。就那么嘴对嘴地,呷上一口,咝咝地吸着气,惬意得很了。通常,这个时候,艾叶在厨房里忙碌。对于做饭,艾叶似乎有着非常的兴趣。往往是,刚吃完早点不久,她就开始张罗午饭了。下午,陈皮一觉醒来,就听见厨房里传来叮叮当当的声响,他就知道,这一定是艾叶。算起来,一天里,倒有一多半的时间,艾叶是在厨房度过的。有时候,陈皮很想跟她说上一句,却又懒得叫。何况,厨房里是那么杂乱,叫上一两声,不见回应,也就罢了。晚上呢,艾叶督着儿子写功课,不一会,母子两个就争执起来。陈皮歪在沙发里,把电视的音量调小一些,枕着一只手,听上一会,左不过还是那几句话。做母亲的嫌儿子不专心,做儿子的嫌母亲太絮叨。陈皮皱一皱眉,重又把音量放大。他懒得管。这些年,他是有些麻木了。有时候,陈皮会想起年轻的时候。那时,他们新婚,还没有孩子。艾叶喜欢穿一件淡粉色的睡衣,一字领,后面,却是深挖下去,横着一条细细的带子,露出光滑的背,让人看了忍不住就想去触摸。陈皮爱极了这件睡衣。他知道,艾叶最怕他吻她的背。他喜欢从后面抱住她,一路辗转,吻她,只吻得她整个人都要融化了。陈皮想到这些的时候,心里潮润润的。他和艾叶,有多久不这样了?

前面,是一个街心花园。晨练的人们正醉心于他们的世界。陈皮在旁边立了一时,找了张椅子坐下来。阳光从后面照过来,烘烘的,很热了。一枝月季斜伸过来,横在他的脸侧。陈皮忍不住伸出鼻尖嗅一嗅。私心里,陈皮不大喜欢月季。月季这种花,一眼看去,很像玫瑰,然而,再一深究,就知道,到底是错了。不远处,几个人在练太极,都是上了年纪的人。穿着白色的绸缎衣裤,风一吹,飒飒地抖擞着,一招一式,很有些仙风道骨的气度。有的还拿着剑,舞动起来,也是刀光剑影的景象,鹅黄的穗子飞溅开来,动荡得很。

陈皮掏出一支烟,点燃,并不急于吸,只是夹在两指间,任它慢慢烧着,冒出淡淡的青烟。陈皮是一个很自制的人,在很多方面,对自己,他近乎苛刻。平日里,他几乎烟酒不沾。偶尔,在场面上,不得已也敷衍一下。当然,他也没有多少场面需要应付。一个办公室的小职员,天塌下来,有上面层层**叠叠**的头儿们顶着。这么多年了,陈皮早年的壮志都灰飞烟灭了。能怎么样呢?这就是生活。所谓的野心也好,梦想也罢,如今想来,不过是年少轻狂的注脚。那时候,多年轻。刚刚从学校毕业,放眼望去,眼前尽是青山绿水,踏不遍,看不足。他们几个男孩子,骑着单车,把身子低低地伏在车把上,箭一般地射出去。满眼的阳光,满耳的风声,车辆,行人,两旁的树木和楼房,迅速向后退去。路在脚下蔓延,他们要去往世界的尽头。身后传来姑娘们的尖叫,他们越发得了意,忽然直起身,来一个大撒把,任车子向前方呼啸而去,整个人都飞了起来。陈皮喜欢那种飞翔的感觉。有时候,在梦里,他还会飞,那一种致命的快感,眩晕,轻盈,羽化一般,令人战栗。然而,忽然就跌下来,直向无底的深渊坠下去,坠下去。声嘶力竭地叫着,惊出一身冷汗。睁开眼睛,却发现是在自己的床上。微明的晨光透过窗帘漏进来,屋子里的家具一点一点显出了轮廓。空气不太新鲜,黏滞,暧昧,有一种微微的甜酸,那是睡眠的气息。陈皮在这气息里怔忡了半晌,方才渐渐省过来。艾叶在枕畔打着小呼噜,很有节奏,间或还往外吹气,带着模糊的哨音。吹气的时候,她额前的几根头发就飘一下,再飘一下。陈皮重又闭上眼睛。如今,陈皮是再也不会像年轻时候那样,骑着单车在大街上发疯了。每天,他被闹钟叫醒,起床,洗漱,坐到桌前的时候,艾叶刚好把早点端上来。通常,儿子都是一手拎书包,一手抓过一根油条,急匆匆地往外赶。艾叶在后面喊,鸡蛋,拿个鸡蛋——早一分钟都不肯起。这后半句早被砰的关门声截住了。两个人埋头吃饭,一时都无话。吃罢饭,陈皮出门,推车,把黑色公文包往车筐里一扔,想了想,又把包的带子在车把上绕一下,抬脚跨上去。这条路,他走了多少年了?他生活的这个小城,这些年,也有一些变化。可是,从家到单位,这一条路,却基本上还是原来的样子。要说不同,也是有的。比方说,临街的理发店换了主人,听说是温州人,名号也改了,叫作亮魅轩。比方说,原来的春花小卖部,如今建成了好邻居便利店。比方说,两旁的树木,当年都是碗口粗的洋槐,如今,更老了。夏天的时候,枝繁叶茂,差不多把整条街都覆盖了。每天,陈皮骑车从这里经过,对于街上的景致,他不用看,闭着眼,就能够数出来。上班,下班,吃饭,睡觉。在这条轨道上,来来回回,这么多年,陈皮都习惯了。

也有时候,下了班,陈皮一只脚在车上跨着,另一只脚点地,茫然地看着街上的行人,发一会呆。也不知怎么的,就一发力,朝相反的方向去了。他慢慢地骑着车,饶有兴味地打量着周围。行人,车辆,两旁的店铺,一切都不熟悉,甚至还有点陌生。他喜欢这种陌生。想来也真有意思,这座古老的小城,他在这里出生,在这里长大,娶妻,生子,这是他的家乡。他以为,他对家乡是很熟悉了。可是,他竟然错了。现在,他慢慢走在这条路上,只不过是一条街的两个方向,他却感到了一种奇怪的陌生,一种——怎么说呢——异乡感。这是真的。他被这种陌生激励着,心里有些隐隐的兴奋。忽然间,他把身子低低地伏在车把上,箭一般把自己射出去。夕阳迎面照过来,他微微眯起眼,千万根金线在眼前密密地织起来,把他团团困住,他胸中陡然升起一股豪情,他要冲破这金线织就的罗网。他一路摇着铃铛,风在耳边呼呼掠过,他觉得自己简直要飞起来了。在一个街口,他停下来。夕阳正从远处的楼房后面慢慢掉下去。他感觉背上出汗了,像小虫子,正细细地蠕动着。他大口喘着气,想起方才风驰电掣的光景,行人们躲避不及的尖叫,咒骂,呼呼的风声,皮肤上的绒毛在风中微微抖动,很痒。他微笑了。真是疯了。也不知道,有没有熟识的人看见他,看见他这个疯样子。他们一定会吃惊吧。他这样一个腼腆的人,安静,内向,近于木讷,竟然也有疯狂的时候,在车水马龙的大街上,飙车,简直是不可思议。他们一定会以为认错人了,陈皮想。暮色慢慢笼罩下来,陈皮感觉身上的汗水慢慢地干了,一阵风吹过,皮肤在空气里一点一点收缩,紧绷绷的。他把周围打量了一下,心里盘算着,怎么绕过一条街,往回走。还有,回到家,怎么跟艾叶解释——平日里,这个点,他早该到家了。

一对夫妇从身旁走过。陈皮把烟送到嘴边,吸上一口,闭了嘴,让香烟从鼻孔里慢慢出来。这种吸法,他还是年轻时候,刻意模仿过,结果自然是呛了,咳起来,流了一脸的泪。可是如今,他竟然也变得很从容了。他冷眼打量着这对夫妇,想必是出来遛早的,顺便去早市上买了菜。两个人肩并着肩,穿着情侣装,不过二十几岁吧,一定是新婚。女人的身材不错,走起路来,风摆杨柳一般。男人一只手拎着袋子,一只手揽着女人的腰,两个人的身体一碰一碰,两棵青菜从袋子里探出头来,一颤一颤,欣欣然的样子。女人间或抬起眼,斜斜地瞟一下丈夫,有点撒娇的意思了。陈皮看了一会,心里忽然就恨恨的。谁不是从年轻走过来的?他们懂得什么?未来,谁知道呢。然而,在这一刻,他们终究是恩爱着的。他们那么年轻,且让他们做些好梦吧。当年,他和艾叶新婚的时候,也是这样,天天黏在一处。在家的时候,从来都不分时间和地点。每一分钟都流淌着蜜,浓得化不开了。陈皮看着女人渐渐远去的背影,忽然觉得有些似曾相识。这个女人,有点像小芍呢。尤其是,她走路的样子,看起来,简直就是小芍了。

小芍是他的同事,一个办公室。陈皮的位置,正好在小芍的左后侧。只要一抬眼,看到的就是小芍的背影。公正地讲,小芍人长得并不是十分的漂亮。可是,小芍的姿态好看。是谁说的,形态之美,胜过容颜之美。这话说的是女子。陈皮以为,说得真是对极了。小芍的一举手一投足,就是有一种特别的韵味在里面。小芍的背影,尤其好看。夏天的时候,小芍略一抬手,白皙的胳膊窝里,淡淡的腋毛隐隐可见,陈皮的身上呼啦一下就热了。真是要命。有谁知道呢,陈皮眼睛盯着电脑,手里的鼠标咔嗒咔嗒响着,心思呢,却早不知飞到哪里去了。还有一点,小芍活泼,笑起来,脆生生的,像有一只小手拿了羽毛,在人心头轻轻拂过,痒酥酥的,让人按捺不住了。有时候,陈皮就禁不住想,这个小芍,在床上,会是什么样子呢?想必会是活色生香的光景吧。他用手捂住自己的嘴,装作哈欠的样子,在发烫的脸颊上狠狠捏了一把。自己这是怎么了,一辈子中规中矩,战战兢兢地活着,到如今,都快五十岁的人了,却平白地生了这么多枝枝杈杈的心思。他都替自己脸红了。然而,人这东西,就是奇怪。有时候,晚上,和艾叶在一起的时候,他却总是要想起小芍。怎么说呢,艾叶这个人,年轻的时候,就从来没有热烈过。总是逆来顺受的样子,一脸的平静,淡然,甚至,还有那么一点悲壮。让人心里说不出的恼火和索然。而今,年纪渐长,在这方面,她是早就淡下来了。有时候,白天,或者晚上,儿子不在家,艾叶坐在厅里剥豌豆,一地的绿壳子。陈皮在沙发上看报纸,看一会,就凑过去,逗她说话。她照例是淡淡的。陈皮觉得无趣,就同她敷衍两句,讪讪地走开去。逢这个时候,陈皮心里就委屈得不行。他承认,艾叶算得上好女人,典型的贤妻良母,对老人也孝敬,在街坊邻里,口碑不坏。可是,陈皮顶看不得她这个样子。到底都是外人,他们,知道什么?

也有时候,陈皮会耐着性子,跟艾叶纠缠一时。就像昨天。昨天是周末,晚上,吃过饭,看了一会电视,陈皮就洗了澡,准备睡觉。他是有些乏了。单位是个清水衙门,办公室里,总共才有五个人,却也是整日里钩心斗角。头儿是老邹,都五十多岁的人了,却一副油头粉面的样子。喜欢同女孩子开玩笑,尤其喜欢站在小芍的桌前,两手捧个大茶杯,有一搭没一搭地同她说话。前不久小芍刚刚度蜜月回来,一脸的喜气,时不时地发出清脆的笑声。陈皮冷眼看着他们,心里恨恨的,却又不知该恨谁。陈皮歪在床头,闭着眼,想象着小芍的样子。结了婚的小芍,倒仿佛越发平添了动人的味道。长发挽起来,露出美好的颈子。有拖鞋在地板上走过来,托托的,然后,是窸窸窣窣的衣物声,他听出是艾叶过来了,就一把把她抱住,嘴里乱七八糟地呢喃着,身上简直像着了火。艾叶先是沉默着,后来,不知怎么,啪地一下,她一巴掌打在他的脸上。在寂静的夜里,那个耳光格外清脆。两个人一时都怔住了。

怎么会这样,怎么会呢?陈皮盯着黑暗中的天花板。卧室里,传来艾叶的饮泣,像蚂蚁,细细的,一点一点啮咬着他的心。黑暗包围着他,压迫着他,让他艰于呼吸。在那一刻,他忽然觉得异常的委顿和迷茫。这就是他的生活?他生活的全部?这一生,他小心翼翼地活着,不敢稍有逾矩。他在自己的轨道上,慢慢地往前走,一步一步,试探着,每一步都不敢马虎。走了大半辈子,到头来,他得到了什么?一个小职员,快五十岁了,仕途无望,一生都看人脸色。他当年的雄心呢?至于家庭,看上去还算平静,却被一记耳光打破了。这记耳光,在他们之间,藏匿了多少年了?至于小芍,怎么可能。如今的女孩子,他清楚得很。不过是白日梦罢了。天地良心,在女人方面,他一向是中规中矩的。就连同艾叶,自己的妻子,也没有那么——怎么说呢——那么放荡过。还有儿子。从小,都是艾叶一手把他带大。而今,嘴唇上已经长出了细细的绒毛,声音也变了,像一只小公鸭。有时候,看着高大的儿子在眼前晃来晃去,他就有些恍惚了。这才几年,儿子都陌生得令他不敢认了。

天刚蒙蒙亮,陈皮就从家里出来了。他害怕面对艾叶,害怕看见艾叶几十年如一日的早点,害怕家里那种气息,昏昏然,沉闷,慵懒,一日等于百年。现在,陈皮坐在街心公园的长椅上,看野眼。太阳已经很晒了,空气里有一种植物汁液的青涩味道,夹杂着微甜的花香。一只蜜蜂，在他身旁营营扰扰地飞。他挥挥手，把它轰开。晨练的人们，不知什么时候，都渐渐散了。公园里，寂寂的，显得有些空旷。陈皮抬头看一眼天空，太阳都快到头顶了。地上，他的影子矮而肥，就在脚下。快中午了。陈皮站起身，准备吃午饭。

　　附近有一家汤记烧卖，味道很是正宗。陈皮拣了张靠窗的桌子坐下来，慢慢地吃着。今天，他有的是时间。他不着急。他要了一瓶啤酒，两道小菜，从容地自斟自饮。这要是在家里，艾叶总会唠叨两句的。前段时间体检，他有轻度的脂肪肝。这个年龄的人，该控制一些了。陈皮端起酒杯，慢慢地呷一口。窗外，有一个女人遥遥走过来，打着太阳伞，戴着墨镜，白皙而丰腴，一看就是一个养尊处优的妇人。对于女人，早些年，陈皮以为，一定要窈窕才好，而现在，陈皮却宁愿喜欢丰满一些的了。丰满嘛，不是胖，就像眼前这个女人。陈皮眯起眼睛看了一会，端起酒杯，细细地啜了一口。这些年，艾叶确实是胖了些。穿起衣服，也没有了形状。不穿呢，就更没有了。陈皮心里笑了一下，也不知怎么，就暗暗同艾叶做起了比较。他想起了昨天晚上，还有那记耳光。他不笑了。老板娘远远地坐着，时不时抬头朝这边看一眼。她在看什么呢？陈皮想。她一定是奇怪，这个男人，看起来有些面熟的，说不定就在附近住，从中午进来，要了一屉烧卖，一瓶啤酒，两道菜，一直坐在那里，慢条斯理地吃喝。脸上，却是平静得很。他一边吃，一边看着窗外，仿佛窗外有什么好风景一般。抬眼看了看表,都四点多了。下午,店里也没有多少生意,他坐在那里,就由他去吧。若是在平时,顾客多的时候,她一定要过来问了。

夕阳在天边渐渐燃烧起来,把一条街染成淡淡的绯红。陈皮在街上漫无目的地走着。刚从空调房里出来,整个人仿佛不小心掉进了热汤里,浑身暖洋洋的,毛孔一点一点打开,说不出的熨帖。向晚的小城,已经渐渐冷静下来。大街上,人们都行色匆匆,急着赶回家。一个小孩子,踩着脚踏板,迎面冲过来,嘴里呼啸着,得意得很。柔软的头发在风中立着,紧抿着嘴巴,暗暗使着劲。夕阳在他脸上跳跃着。那张脸,纯净,稚气,还没有来得及经历尘世的风蚀和碾磨。他咧开嘴,笑了,露出几颗豁牙。陈皮心里感叹了一下。他想起了小时候。那时,他几岁?跟这个孩子差不多吧。拿一根铁丝弯成的把手,把一个铁圈推得满街跑。这一恍惚,都多少年了。而今,他的儿子都上高中了。父子在一起,也不似小时候那么亲密了。小时候,他喜欢把儿子举过头顶,在半空中,任他咯咯笑个不休,直到他都害怕了,讨饶了,他才把哇哇乱叫的小人儿往空中一抛,让他结结实实落在自己怀里。现在,儿子在他面前,倒一本正经了,甚至,有那么一点严肃。常常是,忽然间就沉默了。昨天晚上,那个耳光,那声响,不知道儿子听见没有。陈皮竟有些慌乱了。

暮色渐渐浓了。站在自家楼下的时候,陈皮才发现,他是又回来了,也不知怎么回事。早上,不,昨天夜里,他就已经下定了决心,离开这里,离开这个家,再也不回来。他在黑暗中暗暗咬着牙。他恨艾叶,恨这个家。他恨这么多年的生活,他恨他这半生。他恨这一切。他要走,一去不回头。可是,怎么现在,他又回来了。他有些恼火,也有些释然。屋子里灯火明亮。厨房里,传来油锅爆炒的飒飒声。一只砂锅坐在炉子上,咕嘟咕嘟冒着热气,鸡汤的香味一蓬一蓬浮起来,窗玻璃上模模糊糊的,笼了一层薄薄的水汽。陈皮悄悄走进来,蹑着足,为了不惊动厨房里的人。一抬眼,儿子正坐在饭桌前,端着遥控器,噼里啪啦地换频道。看见父亲进来,也不说话,只是一心一意盯着电视。陈皮怔了一时,转身从冰箱里拿出一听可乐,啪地打开,喝了一口,沁人肺腑。他静静地打了个寒噤。艾叶端着盘子走过来,嘴里嗯嗯哈哈地嘘着气,把菜放在桌上,两只手就不停地摸着耳垂。陈皮偷偷看了她一眼,眼睛红肿,脸上却是淡淡的,始终看不出什么。陈皮把头皮挠一挠,刚欲开口,只听艾叶吩咐儿子摆碗筷。儿子应声出去了。只把陈皮一个人扔在原地,很尴尬了。好在有电视,女播音员侃侃地宣讲着,局部冲突,金融风暴,飞机失事,某大学发生枪击案。世界原没有想象的那样太平。陈皮入神地听着,心里有叹惜,有同情,也有安慰。饭菜的香味在空气里慢慢缭绕,把他们团团包围。陈皮端起碗,试探着喝了一口鸡汤,却被烫了舌头,也不好张扬,只有强自忍着。看一眼桌上的菜,也都是他素常喜欢的。还有绿豆稀饭,估计是下午就煮好的,上面结了一层薄膜,在灯下发着暗光。风扇一摇一摆,把桌上的一张报纸吹得一掀一掀的。一家人谁都不说话,静静地吃饭。电视里在播天气预报。终于要下雨了,这些天,实在是太热了。

陈皮靠在椅背上,他吃饱了。这一刻,他心满意足。所有的那些小情绪,委屈、悲伤、怨恨,他都不愿意去想了。他这一生,都毁了。然而,能怎样呢?就连艾叶,也料定,他总会回来。他无处可去。

夜里,醒来的时候,外面一片雨声。雨打在树木上,簌簌地响。外面的风雨,更衬出了屋里的温暖安宁。陈皮翻了个身,很快,又睡熟了。

花好月圆

这家茶楼,藏在一条胡同的深处,生意却是特别好。沿着胡同一直走,走出去,就是车水马龙的大街。来过的客人都称赞说,这真是一个好地方,闹中取静。

桃叶也喜欢这地方。算起来,来这家茶楼,已经有半年多了。茶楼的工作并不累,无非是端茶续水,迎来送往,洒扫抹擦,对于年轻的女孩子,尤其相宜。桃叶呢,性子又娴静,终日在淡淡的茶香中来去,真是再好没有了。当然了,还有音乐,多是一些古典的曲子。桃叶听不懂,可是却喜欢得很。有时候,桃叶听得痴痴的,不免想,这世上,竟真有这样好的东西。

晚上,是茶楼最忙的时候。周末呢,就更忙了。人们吃完饭,来这里喝茶、聊天,也有打牌、下棋的——比较起来,桃叶更喜欢下棋的。打牌的太闹。喝茶聊天的,就更安静了。三两个人,沏一壶茶,静静地聊天,闲适得很。城里人,可真会享受,哪像乡下。想到乡下,桃叶就轻轻叹一口气,然而也就笑了,笑自己的傻。这是北京城呢。真是。

渐渐地,桃叶注意到,这些客人,大都是茶楼的常客。他们在这里存了茶,不定期地来这里消费。其中,有一对客人,也是这里的常客。他们的茶室,几乎是固定不变的,最里面的那一间,在一株硕大的植物的掩映下,门牌上垂下长长的流苏,上面写着:花好月圆。这是一间小茶室,最适于两个人对饮。装饰也不俗:迎面窗子上,挂着半月形的竹编,又别致,又清雅。墙壁设计出叠层,高高下下摆着竹筒,半只的,整只的,青色宜人,有的甚至还带着活泼泼的枝叶。另一面墙上,是一幅画。画上的物事,桃叶都认得,南瓜,葫芦,一只大石榴,咧开嘴,露出里面鲜红的籽实。这幅画,让桃叶感到亲切。每一回来这里清扫,桃叶总要对着这幅画看一回。也许是因了这幅画,桃叶喜欢这间茶室。名字也好:花好月圆。又吉祥,又悦耳。更巧的是,这间茶室,正好在桃叶的分工范围之内。茶楼里的服务生,都是有分工的。桃叶管小茶室。私下里,她们把小茶室叫作鸳鸯房。通常情况下,来这里喝茶的都是成双成对的人。两个人,在幽静清雅的小茶室里,一坐就是半天。有时候,桃叶不免想:他们,在做什么呢?桃叶十七岁。十七岁的女孩子,已经懂了事。想着想着,桃叶就有点心神不定。然而,大多时候,桃叶什么都不想。茶楼里的规矩,服务生要知情识趣,懂得眉眼高低,在该出现的时候出现,在该消失的时候消失。每一间茶室,都有呼叫器,服务生要应声而动,不可擅入。这些,在最初来茶楼的时候,桃叶都一一牢记在心里了。

桃叶发现,往往是,那位男客先来,然后,大概十分钟之后,那位女客才姗姗来迟。也有相反的时候。总之是,这一对客人,极少同时来到。每一回,那男客来了,桃叶就过去照顾。通常,桃叶会问一下客人:是点新茶呢,还是喝先前存的?这一对客人,也是在这里存了茶的。普洱,十年的普洱。他们一直喝普洱,几乎从来没有换过。桃叶烫茶壶,烫茶杯,洗茶,一遍,两遍,三遍。这种陈年普洱,总要至少烫三遍才好。客人坐在椅子上,颇有兴味地看她沏茶。逢这个时候,桃叶就格外地紧张。心里怦怦跳着,手下也失去了分寸,一不小心,茶水就溢出来。桃叶偷眼看一下客人,却见他并不曾留意,就把心神定一定,专心做事。眼角的余光,却无意中扫到了客人的一双皮鞋,擦得锃亮,闪着凛然的光。沏好茶,桃叶躬身退出来,替客人把门带上,方才轻轻舒了一口气。

对于这位男客,桃叶她们几个都悄悄议论过了。怎么说呢,这位男客,在客人里面,是显得太出类了一些。不单是容貌,只那神情气度,行止之间,就有一种摄人的风仪。私下里,几个女孩子会拿他开玩笑,彼此打趣一番,说着说着就追逐起来,嘴上骂着,脸上却是朝霞满面,仿佛给人说中了心事,很难为情了。这类玩笑,桃叶几乎从来不参与的。桃叶是一个端正的人。在人前,最是懂得自持。这一点,临出来的时候,娘已经细细叮嘱过了,然而,有时候,桃叶也会暗自猜测:这个人,是做什么的?多大?还有,那位女客,是他的什么人呢?想着想着,桃叶就有些入神。看样子,这男客一定是一个学问很大的人,念过很多书,在堂皇的大楼里办公。在北京,多的是这种堂皇的高楼,亮闪闪的玻璃墙幕,傲慢而矜持,让人不敢直视。年龄嘛,桃叶看不出。三十多?四十?或者,五十出头?男人的年龄,真是似是而非的一个问题。在这方面,桃叶尤其没有天赋。至于那个女人,桃叶一直不大愿意去想。用小白她们的话,什么人?情人嘛。若是夫妻,怎么会老是在茶楼里幽会?桃叶不爱听这话,虽然也觉得有理。私心里,她倒宁愿相信他们是夫妻,般配,恩爱,罗曼蒂克,周末,出来喝喝茶,放松一下。她也知道,这愿望的不可靠,然而,她还是禁不住这样想。桃叶是一个执拗的人。莫名其妙地,她认定,这样一对人物,神仙一般,必是完满的。他们合该幸福。他们不该有别的。

　　这家茶楼,外面看并不起眼,进得门来,倒是一派朴野之趣。一段小桥,一湾清泉,几块石头随意散置着,篱笆后面,是几竿竹子。灯光照过来,竹影子印在墙上,一笔一笔,仿佛画出的一般。桃叶正冲着那影子发呆,听见有客人来了。细看时,却是那女客。桃叶赶忙上前去,引着她去那间茶室。不料她却把手摆一摆,示意不用了,自顾袅袅婷婷而去。桃叶看着她的背影,竟莫名其妙地生出几分失落。女客的身姿很美,一头卷发,往常都是披下来的,今天,却被松松地绾起来,在颈后绾成一个髻,倒越发平添了几分娇慵之美。女客穿一件奶白色开衫,长裙,淡淡的石绿色,浮着荷花的断梗,裙摆宽大,走动处,偶尔有零落的花瓣,飘飘洒洒,满眼秋意。桃叶在后面简直看得呆了。正怔忡间,那美丽的背影已经隐在花好月圆的门后了。怎么说呢,对这女客,几个女孩子心情复杂。公正地讲,这女客是一个顶标致的美人,不施粉黛,却自有一种动人的风姿。尤其是,这女客的衣裳,令女孩子们暗暗叹服。桃叶记得,几乎每一回,都是不重样的。多是裙装。长的,短的,宽的,窄的,素淡的,缤纷的。也有旗袍。桃叶很记得,其中有一袭,她最是喜欢。紫色,阴戚戚的,盛开着一朵一朵的淡白的花。有时候,她不免想,这样的衣裳,穿在自己身上,会是什么光景?阳光从窗子里照过来,晒着她的半个背,暖暖的。她低头瞅一眼身上的工作服,很不好意思地笑了。这工作服,是浅茶色的衣裤,配了雪白的兜肚围裙,一色的船形包头,两端尖尖翘起,说不出的干净俏丽。初来的时候,对这服饰,桃叶真是喜欢。她把自己关在卫生间里,在镜子前左顾右盼,心里有一种难言的快乐。她盘算着,在电话里,该怎么对娘描述这新的衣裳。还有杏儿。当初,杏儿本要同她一起来的,因为杏儿爹的病,只好耽搁了。看见她的样子,杏儿会怎么想呢?她一定会眼红吧。可是,后来,对这工作服,桃叶的看法渐渐改了。喜欢还是喜欢的。然而,却多了很多无端的憧憬。到底憧憬什么呢?一时也说不出。桃叶低头把围裙上的一些褶皱慢慢抚平,很黯淡地笑了。

  有音乐细细地传来,缥缈,清婉,仿佛一个辽远的梦。茶楼里点一种香,淡淡的,不十分浓郁,却有一种沁人肺腑的气息,让人迷醉。桃叶立在地下,看着那间茶室门上的牌子,"花好月圆",四个字瘦瘦的,眉清目秀,很受看。长长的流苏披拂下来,微微荡漾着,闪烁出丝质的光泽。门的上端,是磨砂玻璃,一丛兰草图,在灯光的映衬下,起伏有致。桃叶看了一眼那灯光,柠檬色调,温馨,神秘,让人莫名地心乱。墙壁上的钟当当响起来,十点钟了。算起来,那一对人,在茶室里,总有四个钟点了。茶楼里,依然闹热。棋牌室里传来麻将碰撞的声音,泼辣辣的,很清脆。下棋的呢,则安静得多了。托着脑袋,一脸的严峻,一脸的风霜,他们是沉浸在另一个世界里去了。走廊上,偶尔有人走动,把木质地板踩得吱吱响。洗手间在茶楼的两端,中间的茶室的客人,须经过一段不短的旅行。几个女孩子站得乏了,忍不住相互说说话。却不能凑在一处,担心领班或者老板看见了。她们各自站在原地,用神情示意。小白把嘴巴冲着"花好月圆"努一努,又抬起下巴指一指墙上的挂钟,做出一个很暧昧的表情。桃叶知道她的意思。

在这几个女孩子当中,小白算是元老。据说,早在茶楼开业之前,就追随着老板南征北战。关于小白同老板的关系,茶楼里的人都讳莫如深。桃叶隐隐约约听到,这个小白,是老板的旧情人。十几岁来京城闯荡,认识了现在的老板。老板是有家室的人,同小白,是露水的鸳鸯,稍有风吹草动,就只有散了。小白呢,究竟年幼,对世事还远不曾看破,她原是一心想修得正果的。老板是何等样人物?近五十岁的人了,经历了风雨无数,早洞穿了其间的山重水复,种种艰险处。权衡之下,索性就把小白介绍给了一个朋友。怎么说呢,小白是这样一个水性的女子,流到哪里,都是随遇而安。岂料那一个人,也是使君有妇。直到如今,小白依旧是妾身未名。私下里,人们都说,这个小白,怕是命里如此。最近,也不知为什么,放着安闲的外室不做,小白执意要来茶楼做工。老板呢,碍着多年的情分,当然也有朋友的面子,就只有把这颗定时炸弹留在身边,却自此对她敬而远之。据传说,小白是对老板心有不甘。当然,这些都不过是传说罢了。以桃叶的眼光看来,小白称得上风姿楚楚。在京城磨炼既久,妩媚之外,身上自有一种风尘和沧桑。言谈间,却似乎是天真未凿的。这令桃叶很惊诧,同时也感到暗暗的宽慰。或许,只有小白这样的女子,才适合在京城里左冲右突,攻城略地。桃叶把目光跳开去,看着窗外。此时的北京,一城灯火,远远近近地闪烁着,把夜晚的天地映得明明灭灭。廊檐下,一只红灯笼,在夜色中摇曳不已。小白终是忍不住,已经同另一个女孩子凑到一处,哧哧笑着,咬耳朵。桃叶过去不是,不过去呢,也不是,迟疑了一时,只好去卫生间避一避。在这家茶楼,小白是无所惧的。在她,不过是寂寞之余的游戏,或者叫作娱乐也好。游戏总是不乏娱乐的成分的。桃叶却不同。她必须兢兢业业。这份工作,对她非比寻常。

从卫生间出来,一眼看见洗手池前站着一个人,却是那女客。此时,她正对着镜子,很仔细地补妆。桃叶慢慢地洗手,一面偷眼看镜子里的女人。她发现,女人脸色微酡,有一种掩不住的春色。她的头发已经纷披下来,流泻在肩头,她正用嘴衔着一支发卡,慢慢地整理。大概觉出了旁边的注视,她微微侧转过身。桃叶赶忙低头洗好手,匆匆往外走,却同迎面而来的小白几乎撞个满怀。小白说,桃叶,正找你呢——花好月圆——

植物硕大的叶子在灯光中招展着,把婆娑的影子投在地上,大片大片的,掠过来,森森地,满蓄着风雷。桃叶立在门外,对着一地的影子看了半晌。门已经合上了。花好月圆。牌子底下的流苏还在微微颤动。方才,她犹疑了一下,才轻轻叩响了门。男客已经站起来了,慢慢踱到窗子旁,很专注地欣赏那幅画。桃叶把电热水壶里的水续满茶壶,重又把各自杯子里的残茶倒掉,斟上新茶。把托盘里的果壳清理好,换上干净的烟灰缸。男人自始至终背对着她。他可真是挺拔,站在那里,仿佛一棵蓊郁的大树,沉默中透着一种说不出的英气。不知为什么,桃叶感到这房间里有一种莫名其妙的气息,黏稠,热烈,微甜,却又是暗流汹涌,让人止不住地心旌摇曳。男人慢慢转过身来,朝这边看。桃叶感觉自己的心像惊了的马,跳得动荡。慌乱间,她碰翻了一盘开心果,白色的果实撒落下来,骨碌碌滚了一地。桃叶慌忙弯腰去拾,抬眼却看见那男人的皮鞋,闪着凛然的光。桃叶越发慌了。正手忙脚乱,她感到一片阴影覆盖下来,心里一惊。男人立在她身旁,居高临下地看着她。这令她感到一种莫名的威压。

正无措间,门开了。女客回来了。男客重又踱到窗子旁边,认真地看那幅画。女人呢,则在沙发的另一端坐下来,端起茶杯,看桃叶收拾。一时无话。收拾完,桃叶躬身退出来,把门带上。花好月圆的牌子轻轻摇晃了一下,就平静下来。桃叶立在影子里,想着方才的事。几位客人从走廊的另一端走出来,打着长长的哈欠,准备离去了。还有一位,从深处的茶室里踱出来,擎着手机,絮絮地说着,忽而,纵声笑起来,看看周围,赶忙又捂住嘴巴,冲着手机窃窃地讲着,一脸的莫测。一位女客在走廊上慢慢走着,忽然,高跟鞋就趔趄了一下,她一惊,赶忙把心神定一定,走路更添了几分小心。桃叶看着这一切,仿佛看着一场乱梦的碎片,一时收拾不起。她感觉手里的电热水壶越来越重,像铅一样,令她整个人都坠下去,坠下去。握着壶把的那只手,却早已经僵硬了。

窗外,夜色迷离。偶尔,有一辆汽车疾驶而过,在灯光的河流里,溅起闪亮的浪花。小白正在低头发短信,发着发着,忽然就哧哧笑了,掩着口,一脸的是非恩怨。世间,或许真有这样的女人,她们感情丰沛。对异性,永远怀着缥缈的幻想,永远心神激荡。这一向,小白同一个男孩子过从甚密。这个男孩子,桃叶是见过的。看样子,顶多刚满二十,穿着牛仔,脸上是稚气未脱的神情。同小白站在一起,简直是悬殊得无理。当着人,男孩子叫小白作白姐。小白携着男孩子的手,很欢喜地介绍道,这是我弟弟。说着,朝着那弟弟飞去一个媚眼,弟弟就红了脸。小白咯咯笑起来。桃叶从旁看着这一切,心头忽然涌上一种说不出的忧伤。

又有一拨客人走出来,在门口,相互道别,挥手,不知说到了什么,都笑起来,在这安静的夜里,显得格外响亮。小白还在低头发短信。那几个女孩子,都已经乏了,站在那里,神情倦怠,目光恍惚。小白的手机唱起来,她让它响了半晌,方才接听,懒懒地问道,喂——那边不知道在说什么,只见小白的眉头慢慢蹙起来,蹙起来。渐渐地,声音里就有了柔情的哽咽。良久,那边显然是在极尽曲折地逢迎,这一端,容颜也就渐渐展开了,倏忽就笑了一下,骂道,去——很娇嗔了。小白脸上还带着泪珠,却已经开始冲着手机的那一端吹气了,轻柔地,一脸小孩子的天真,还有小女人的风情。桃叶把眼睛看向窗外。

茶楼对面,是一家时装店。此时,早已经关了门。一对恋人相拥着走过,在不远处的灯影里,忽然就停下来,抱在一起,热吻。地上,他们的影子长长短短,纠缠不休。小白的电话还在继续,只是,早已经变成含混的呢喃,还有轻笑。桃叶立在窗前,感觉自己背上出了一层毛茸茸的细汗,痒刺刺的,很难受。这一带,路的两旁,多的是槐树,叫作国槐的,深秀繁茂,很老了。夜色中,老树枝叶模糊,黑黢黢的,沉默着,仿佛隐藏着无尽的秘密。一辆摩托车飞奔而过,风驰电掣一般,转眼就不见了踪影。墙上的挂钟当当响了,桃叶吃了一惊,方才把心思慢慢收回来。小白已经打完了电话,此刻,正在忙着发短信。几个女孩子,在走廊里慢慢走动着,为着能够及时给客人服务,当然,也为着不让自己犯困。正在放着一支古筝的曲子,低低地,百转千回,仿佛一只蝶,美丽而哀伤,在茶楼的每一个角落里细细地游走,停停落落。桃叶很入神地听着,轻轻叹了口气。真的。也不知从什么时候,桃叶喜欢上了叹气。有时候,桃叶自己也觉得难为情。有什么可叹气的呢?想想从前,还有乡下,父母,还有,杏儿。为什么要叹气呢?桃叶黯然地笑了。

植物硕大的叶子静静地绿着,在地上投下森森的影子,一片一片的,形状有些夸张。桃叶对着门上的牌子看了一会,"花好月圆",四个字瘦瘦的,很好看。柠檬色的灯光透出来,把那丛兰草映得格外生动。桃叶看着那灯光,忽然心里有个地方细细地疼了一下。

直到后来,桃叶也不知道,事情究竟是什么时候发生的。清场的时候,那一对客人,被发现双双卧在沙发上,拥抱着,已经没有了呼吸。地上散落着几只竹筒。这种劈开的竹筒,有着锐利的棱角。茶具却是完好的。茶几上,两只茶杯相对,静静地打量着对方。那幅画还在。还有画上的物事,南瓜,葫芦,大石榴,咧开嘴巴,露出里面鲜红的秘密。

日子一天天过去了。茶楼照旧热闹。那件事,人们议论了一时,也就渐渐淡忘了。花好月圆的茶室,一切如旧。每天,迎来送往,满眼都是繁华。只是,桃叶却有些变了。她喜欢站在茶室外面,那一株茂盛的植物下面,默默地看茶室门上挂的那个牌子,一看就是半晌。"花好月圆",这几个字瘦瘦的,眉清目秀,很受看。

绿了芭蕉

一

这一阵子,徐一蕉都没有心思做事。

早上起来,喝一杯蜂蜜水。然后,拿一本厚厚的明清笔记小说,靠在床头胡乱翻一翻。然后,去洗手间,沐浴、洗面、刮胡子,把他的男士化妆品认真涂上,涂得香喷喷的,就穿着一件真丝睡袍,光着脚丫子,坐在餐桌前吃早餐。

徐一蕉的早餐也不复杂,全麦面包,煎蛋、培根、牛奶,一份蔬菜沙拉,有时候是水果沙拉。在饮食上,徐一蕉是一个不太肯凑合的人,一日三餐规律,尤其是早餐,绝不马虎。兴致好的时候,徐一蕉还会动手给自己磨新鲜豆浆,烤法式小点心,咖啡也一定要现磨的,那些个速溶咖啡啊奶茶啊什么的,他看都不要看一眼。也有时候,徐一蕉会给自己煮粥,南瓜小米粥,绿豆百合粥,红枣枸杞粥,配上现成的小菜,咸鸭蛋、八宝酱瓜、橄榄菜、麻油芥丝。点心呢,就去楼下那家杭州小笼包店买,他们家的烧卖也不错,糯米的,薄皮儿大馅儿,新鲜得很。这么多年了,徐一蕉早已经学会了对自己好。这个世界上,要是自己都不对自己好,还能够指望谁呢?

徐一蕉慢条斯理吃着早餐,却没有吃出一点滋味来。这房子其实是大一居,硬是被他改成了三室一厅。餐厅和客厅相连着,厨房是开放式的,用一个小小的吧台巧妙地隔了,书房也有,小起居间也有,铺着细羊毛地毯,栽着大叶的绿植。当初,为了这房子,他可是费尽了苦心。什么都是亲力亲为,从一幅油画,到一颗钉子,他都是要反复斟酌的。徐一蕉是地道的南方人,有着南方男人才有的细腻心思。刚到北京来的时候,他真是惊讶得很。怎么京城"帝都"竟是这个样子?灰扑扑的楼,灰扑扑的大街,灰扑扑的人群。怎么说呢,就是一个字"土"。那时候,沙尘暴猖獗。一天下来,脸上,身上,头上,都是尘土,嘴里也是牙碜的,整个人简直就是一个土人儿了。这几年呢,是霾。整天灰蒙蒙的,难得看见蓝天。他心里暗暗懊悔,不禁思念着江南的青山绿水,还有那些个曼妙的姑娘。江南女子,真的竟是水做成的,说不尽的风流袅娜,那一口软语呢喃,更是销魂。不像北京的女孩子们,一个一个粗枝大叶的,牙尖齿利,一句都不饶人。大气倒是大气的。思念归思念,他慢慢又把自己劝开了。有什么好比的?这是北京城呢。江南再好,在格局上来说,终究是小了。京城是什么地方!

徐一蕉这个人，在某些问题上，灵活得很。他几乎从来不钻牛角尖。当然了，在事业上，还是有那么一点牛脾气的，怎么说呢，执拗，强韧，有一股子狠劲儿。不然的话，他也不会在圈子里混出些个名堂来。这些年，在京城，他赤手空拳，全靠了一支笔打天下，算是有了方寸之地立足。他像燕子衔泥一样，筑起了自己的小窝。称不上豪华，却绝对温馨舒适宜居。来看过的朋友们都啧啧称奇，他怎么听不出，这里头有羡慕，有嫉妒，至于恨呢，也不是没有那么一星半点。说实话，他倒是很愿意看见他们这个样子。这年头儿——自然了，也不仅仅是这个年头儿——能被别人羡慕嫉妒恨，也是很值得自满的。最起码，说明自己在某一方面出色，木秀于林嘛。人最怕的是什么？不是被人家羡慕嫉妒恨，而是被人家瞧不起。徐一蕉这房子，在北京，还在北京的三环边儿上，确实也够让人咬牙的。在北京置房子，是闹着玩儿的？可他徐一蕉不声不响地做了，而且，做得漂亮。有房子有车子，有才华有身份，至于相貌，男人嘛，相貌倒还在其次。徐一蕉个子不高，气场却强大，又会穿衣裳，清朗不俗里头，又有那么一股子颓废的文艺范儿。像徐一蕉这样的，不是钻石，也算是白金级别的人物了吧？屁股后头，总有一个排的姑娘玩命追着。整日脂粉堆里厮混着，真真假假的，徐一蕉都习惯了。可是，徐一蕉不明白的是，怎么这个伍千媚，就这么难搞定呢？

煎蛋有点太嫩了，一口下去，金黄的汤汁流出来，溅了他一脸。他伸手扯了一张餐巾纸，一面擦，一面骂了一句，靠！

二

头一回见到伍千媚,徐一蕉并没有觉出她有什么不同。是一个乱哄哄的饭局,如今,甚至都想不起来是谁张罗的。有圈子里头的,也有圈子外头的。平时,徐一蕉最烦这种饭局。跟不太熟的人一起吃饭,简直是受罪。一眼望过去,倒是美女如云,十分地养眼。也不知道,这些个美女,怎么就愿意同这些个臭男人在一起瞎混,吸烟喝酒说段子,一混就是大半夜?私心里,徐一蕉对这些酒场上的女人不感兴趣。良家妇女能这样?到什么年代,妇德还是要讲的吧。当然了,闲来玩一玩倒是可以的,这些在场面上混的女的,因为沾染了风尘,最是味道丰富,适于调情,适于欢娱游戏。要是真的谈婚论嫁,下决心娶回家里来,他宁肯要一个老实安分的。坦白说,这些年,徐一蕉也不是守身如玉。都什么时代了,还讲这个。况且,男人就是男人,怎么能和女人一般论短长呢。自古以来,连上脏唐臭汉,在性别上,男人就是有特权的。徐一蕉又是单身,名也正,言也顺。不结婚,恋爱还是可以谈一谈的嘛。因此上,这些年下来,在女人方面,徐一蕉还是颇有见识的。

那一回,在座的统共有三个美女。一个是老大带来的,衣裳的尺度特别惊人,说话行止的尺度呢,也是特别惊人。一张猫脸,卷发,丰腴多汁,是那一种叫人看一眼就蠢蠢欲动的女人。

另一个呢,好像是那个胖子带来的。胖子既胖,还穿了一身白,一头长发披肩,油光光一张大胖黑脸,怎么看都不像是摄影艺术家。那女的却是一个细高挑儿,仙鹤一般,一条胭脂红的露肩小礼服,锁骨十分迷人。伍千媚呢,也不知道是谁的女伴儿,好像是跟谁都不太亲密,也好像是,跟谁都是自来熟。伍千媚那晚穿一袭黑色丝绸旗袍,只腕子上戴了一个镯子,像是砗磲,又像是羊脂玉,浑身上下再没有一点装饰。大约是喝了酒的缘故,有那么一点云鬓雾鬓的味道,两颊上飞着淡淡的红晕,眼睛水水地亮,当时正有一个男人给她敬酒,色眯眯的,她也不扭怩,端起来就一口干掉了。那个男人倒是被唬住了,举着酒杯,不知道该怎么应对。徐一蕉心里暗暗纳罕。

酒喝到酣处,一个接一个的小高潮。仗着酒盖着脸儿,人们都有点忘形。酒,情欲,灯光,午夜,相互怂恿着,屋子里弥漫着末世的狂欢的气息,有一点颓废,有一点放纵,也有一点淡淡的悲剧的意思。那伍千媚坐在那里,端着一杯酒,眼睛里雾蒙蒙的,却是行止端凝大方,一点都不走样儿。散场的时候,还有人嚷嚷着要去唱歌。徐一蕉早烦了,想悄悄溜走。正发动车子,听见有人敲窗玻璃。

伍千媚坐在副驾驶上,不时歪头看外面的夜色。徐一蕉闻到幽幽的香水的味道,有点蛊惑,却不过分,是刚刚好。还有一点点酒的味道,像是夜里的什么花慢慢开了,微醺的,恍惚的,又有一点神经质般的紧绷。整个晚上,他们几乎没有说过话。交流也是有的,碰杯的时候,眼神相遇的时候,微微一笑。这种笑,是礼仪的,客气的,疏远的,有一点矜持,也有一点无所用心。这是饭局上陌生人之间的那种笑,也可以说是一种社交上的敷衍。仔细想来,他们也是单独喝过的。好像是大家都在相互碰杯,说话,旁边的人都立起来,只剩下她一个,孤零零坐在位子上,她便举起杯子,冲着对面的徐一蕉晃一晃。徐一蕉也很凑趣,举起杯子,遥遥地点一点头。要说整个晚上的交流,不过是这些了。可是,不知怎么一回事,这样一个陌生的女孩子,竟然叫他有了故人一样的感觉。他们并排坐着,只是沉默。在这样狭小的空间里,却一点都没有尴尬,或者难堪。好像是,哪怕是谁说一句,都是多余的了。他的心喜悦地跳着,有一点紧张,有一点忐忑,更多的却是莫名的兴奋。他原本是一个能说会道的人,会聊天,会说许多俏皮话儿,尤其是对女孩子,他应付自如。头一次,他感觉到沉默是这样迷人。什么都不说。什么都懂得。恍惚间,竟然有了那么一点悠然心会的意思。灯光从车窗里流淌进来,像是一天的星星都跌落了,跌落在她的脸上,身上,在她的眼睛里一跳一跳。夜晚的京城,仿佛一个抒情的模糊的梦。

从三里屯到学院南路,不算近。分手的时候,眼看着那伍千媚一手拎着旗袍,袅袅地下了车,立在路边的灯影里,朝他挥手道别,他竟然有了那么一点连他自己都难以觉察的情绪,也不是不舍,也不是留恋,是有那么一点,怎么说,意犹未尽。真是奇了怪了。

三

吃完早餐,徐一蕉打开电脑。这阵子,稿债欠了一大堆,他得赶紧还一还了。徐一蕉在学校教的是文艺理论,主攻诗歌批评,业余时间,也写写诗。说起徐一蕉的写诗,也是有历史的了。当年在大学的时候,他还是有那么一点诗名的。那时候,他以为,他这一辈子,什么都可以没有,但是绝不能没有诗歌。诗歌是他的情人,他的血液,他的一切。谁能料到呢,到最后,他竟然去搞了诗歌批评,做了所谓的评论家。当年,他们管评论家叫什么来着?后宫里的太监。知道该怎么做,也知道怎么做才好,就是自己不会做。多么刻薄,又是多么轻狂。如今想来,真是可笑得很。

当然了,这个时代,诗歌也沦落了。连带着诗人们,也成了遭人白眼的角色。在圈子以外,他自我介绍的时候,也很不情愿用诗人这个身份。他怕被人家归为不正常人群。好在,他还有个教授的头衔,虽说是还没有扶正,也还算得上体面。学者嘛,还是很能拿得出来的。徐一蕉被那些个女学生女诗人叫作徐老师,上赶着替他收拾屋子,替他买菜做饭,甚至替他买领带买围巾买七七八八的小东小西。徐一蕉也不太忍心拒绝。说起来,徐一蕉就是这一点好。他懂得怜香惜玉。知道花开堪折直须折,莫待无花空折枝。也是年纪渐长,再不像年轻的时候那么张狂,动不动就把人家给伤了。

　　面对着电脑,他却一个字都写不出来。起身去厨房,烧水,沏茶。喝绿茶一定要玻璃杯子才好。喝红茶呢,就必得是紫砂。他看着杯子里的绿茶一根一根立着,郁郁青青的,像是茶树的叶子遇到了水,在一瞬间又活过来了。这杯子是一个女孩子送的。干干净净的,一点修饰也没有。只在把手上有一个小小的"燕"字,是那女孩子的名字。据说,一杯子,是一辈子的意思。学中文的女孩子,真是招惹不得。徐一蕉看着那亮晶晶的杯子,发了半晌呆。也不知道怎么回事,这些天总是恍恍惚惚的。远兜近转,总有一个人的影子忽然跳上心头。黑色丝绸旗袍,在灯影里妖妖乔乔立着,笑。灯光朦胧照下来,整个人波光潋滟。丝质的光泽,是旗袍,也是肌肤,还有鬓发,还有眼睛里顾盼流转的那一瞬。想起来,那晚的伍千媚,整个都是闪闪发亮的,像一个,奇迹。真是该死。

　　老实说,那个伍千媚,要论容貌,十分里也就有六七分吧。如今想来,眉眼竟都有点模糊了。越想越缥缈,越想呢,越觉得不真切,恍如梦里的一个影子,又像是临水照花,美妙得恍惚。可这女人身上,怎么偏偏就有那么一种撩人的东西,叫人放她不下呢?那幽幽的香水的味道,花香调缠绕着果香调,有一点小清新,又有一点冷艳,还有一点柔媚湿润,总之是,叫人没来由地迷乱。大约是小黑裙?还有那袭旗袍,黑色,衬得她整个人晶莹剔透,简直是雪堆出来的。要想俏,一身皂。这话真他妈的绝了。

那天晚上,自己怎么就那样放她走了?电话也没有留一个。也不知怎么一回事,他竟然有了一种忧伤的情绪。明日隔山岳,世事两茫茫。觉得,此一去,山高水长,可能再无觅处了。他这是怎么了?

杯子里的茶渐渐冷下去,他啜了一小口,只觉得又苦又涩。

这个暑假显得格外漫长。北京的天气又热,他整日里躲在空调房里,轻易不肯下楼。他原本是要去旅行的。平时飞来飞去,简直是会议动物,难得有闲暇。他想趁着假期,好好放松一下。挣钱有什么够呢?人生讵几何,在世犹如寄。这些年,他只顾着打拼,把自己都快累成木头人儿了。他想去西藏,清空一下卸载一下,各种攻略都做了功课,不想临了却没有情绪了。

时令已经过了立秋。在北京,算是晚夏。还有一点热,但到底是不一样了。一早一晚,有了凉爽的意思。秋天来了,消耗了一个苦夏,是该进补的时候了。徐一蕉的牛仔裤都明显松了,原来一直发愁的肚腩,竟然也奇迹般地消失了。难不成,他是真的瘦了?

快开学的时候,有一个女诗人来拜访他。这女诗人有一个刁钻的笔名,衣裳也喜欢穿得刁钻,叫人又震惊又担忧。容貌嘛,倒是谈不上,中人之姿吧,化着浓郁的烟熏妆,很难看出她的真面目。说话却嗲嗲的,南方普通话,夹杂着港台腔。这女诗人好像是湖北人,这些年,一直在北京漂着,谁也说不清,她到底是靠什么吃饭。靠诗歌吧,肯定得饿死。也没有听说在哪里上班,在哪里发财。最近几年,据说有时候在北京,有时候在湖北。总之是,身份有点暧昧,可是大大小小各种饭局,十有八九会碰上她。年纪呢,也看不出。据她的简历看,总也有三十多岁了吧。喜欢自称"我们女孩子呀",天真娇憨,可捧可掬。徐一蕉看着她脸上厚厚的脂粉,有好几回,好奇心动,想问一问她的年龄,却忍住了。女人的年龄是最不能细问的。问得深了浅了,难免得罪人。这些年,女诗人对徐一蕉很上心,逢年过节必殷勤问候,平日里也常常有短信来。她的短信像她的诗一样,有着很强的抒情性,跳跃得厉害,叫人读了摸不着头脑,模模糊糊的意思,却是略能领会一些的。徐一蕉呢,也有一搭没一搭地敷衍着,不热情,也不冷淡。这些年,徐一蕉早已经练就了一身的本领,对于这样那样的小爱慕小暧昧小骚扰,他都不在话下。兵来将挡水来土掩,哪里有什么过不去的火焰山。男人嘛,在这个上头,就得有那么一点大将风度才好。

女诗人在徐一蕉的房子里转来转去,半天不肯坐下来。从玄关到客厅,从卧室到阳台,又在小吧台那里流连了良久,一路哇哇不断,不知道是表达意外,还是表达羡慕。徐一蕉很纵容地从旁看着,她光脚踩在他的地板上,涂满指甲油的脚丫子,留下一个一个热腾腾的脚印子。徐一蕉微微皱着眉头,却是笑着的。女诗人感慨够了,终于坐下来,两个人喝茶,东拉西扯,说一些个江湖八卦。当然了,大都是女诗人说,徐一蕉听。女诗人把那条鹦哥绿真丝披肩褪去,只穿一件麻纱水红肚兜,看上去,怀中险恶,好像是没有穿文胸。说话间,还时时俯下身来。徐一蕉咬着牙,努力不朝那紧要处看,假装很镇定地翻着她那本诗集。诗集薄薄的,认真论起来,比女诗人那红唇还要单薄些。疏疏落落的几行诗,倒配发了大量的作者写真。徐一蕉一面翻看,心里躁得厉害,手心里也微微出了汗。如今这些个女孩子,当真是虎狼一般,可以吃人的。怎么说呢,徐一蕉也不是柳下惠,坐怀不乱,他是不想平白地惹麻烦。据传,这女诗人不是等闲之辈,十分有手段,徐一蕉生怕被她构陷了。他倒不是怕上女人的当。这些年,他上这样的当还少了?然而上当这件事,还要看他是不是情愿。有时候,他愿意上女人的当,有时候呢,他又愿意给当让女人上。这里头的分寸拿捏,微妙了。

好不容易喝完茶,女诗人还没有告辞的意思,徐一蕉心里着急,脸上还是微笑着的。他可不想请她吃饭。凭良心说,徐一蕉有一点抠门,也是南方男人那种过日子的抠门。是谁说过的,南方男人,最是经济适用。买菜呢,要把着人家的秤看。买水果,是论个的。他心里有点看不上那些个粗放的北方老爷们儿,装什么英雄好汉呢,这哗哗流出去的,可是真金白银。北京那些个水果摊子,小贩们吆喝着,十块钱三斤,十块钱三斤。他偏偏要问多少钱一斤。这样的打包卖法,简直是强盗做派。当然了,徐一蕉也不是一味地抠,大方的时候,也是有的。可是那要看对谁。这个女诗人,岂是他肯招惹的?正为难间,黄色的电话打进来了。黄色在电话里命令他,有个饭局,麻利儿的,老地方。

黄色是他的哥们儿。在北京这么多年,倒是有一大帮狐朋狗友,喝酒吃肉,没事儿聚在一起,吹牛扯淡,可到了,大浪淘沙,扳着指头数一数,也就剩下黄色这么一个铁瓷的。黄色这个人,和他是大学同学,人倒是还不错,就是嘴巴贫。一张口就是黄段子,又不幸姓了黄,大家都叫他黄色,他也乐颠颠地应着。到了地方一看,徐一蕉才知道是黄色忽悠他,哪里有什么饭局,就是黄色遇上了烦心事,想把他当垃圾桶。

见徐一蕉带了一个女的,黄色暗地里直冲他挤眼睛,也不好再提他那一肚子烦恼,大家就吃饭喝酒。看上去,黄色倒是对那女诗人有点兴趣,添汤布菜,十分地殷勤周到。一双眼睛却不老实,直个劲儿地往那红兜肚上瞟。徐一蕉心里不由得暗笑,想黄色这家伙的胃口,真是越来越好了。正吃着,忽然看见一个女的迎面婷婷走过来,冲着他露齿一笑。竟然是伍千媚。

四

咖啡馆里面人不多。伍千媚穿了一条粗布苔绿短裤,裸露着一双长腿。上面是一件奶白麻布小衫,一头长发编起来,统统梳到脑后,露出光光的额头,两只老银耳环摇摇晃晃,脸上却是不施粉黛。一眼看上去,同那晚比起来,简直是另外一个人了。徐一蕉看着她,不由得暗自感慨,这女人真是百变,要是在大街上,怕是不敢认了。又担心她看见了女诗人,误会了。待要解释呢,却是有一些此地无银。正不知该说点什么,不想伍千媚却开口了,问他最近怎样,挺忙的吧。徐一蕉见她没有疑心的意思,也就把一颗心放下来。这家咖啡馆有年头了,木头桌子,木头椅子,有的干脆就是各种姿态的树墩子,笨笨拙拙的,偏配了玫瑰红的麻布靠垫,玫瑰红落地窗帘,被两根粗的玫瑰红带子拦在左右。台灯也是原木座子,麻布灯罩,灯光温软,流淌得到处都是,叫人觉得,这样的灯下,要是不说些什么,怕是有点辜负了。

伍千媚斜靠在椅子上,一只手端着咖啡,另一只手拿着小匙,慢慢搅动。咖啡和牛奶纠缠在一起,变成甜美的旋涡,一道咖色,一道白色,渐渐地乱了,乱了,再也说不清楚。徐一蕉偷眼看那只手,干干净净,并没有蔻丹,再偷眼看那双脚,也是干干净净,光脚穿一双绣花布凉拖。徐一蕉生平最恨染指甲油的女人,觉得不洁。透明的倒也罢了,那些个乌七八糟的颜色,真的是叫人不忍直视。那女诗人染的是紫色,正跟她的烟熏妆相配,可不知怎么回事,这紫色的手指脚趾,叫人不由得联想起医院、疾病什么的。还有那些个红指甲,各种红,诱惑倒也是有的,却不免有了很深的风尘味道。真不明白这些个女的,好端端的手指甲脚趾甲,怎么就这么恣意糟蹋了。正胡思乱想,伍千媚已经把咖啡放下了,一面接一个电话,一面冲他摆摆手,用口型说,我先走,拜。不待徐一蕉回过神来,早不见人影了。

这是徐一蕉第二次见到伍千媚。半杯咖啡,几句不咸不淡的套话,几乎什么都没来得及聊。印象里,只留下她那一双干干净净的手和绣花布凉拖里的脚。还有临走时,她的眼神,眼睛笑得弯弯的,也不知道是对着徐一蕉,还是对着电话里的那一位。想起来,真是懊恼得很。怎么回事呢,怎么又让她像泥鳅一样,溜走了?

在女人方面,徐一蕉自诩经验丰富。在北京闯荡这么多年,他什么样的没有见过呢。单身的男人们,就像是那些个单身的女人一样,遇见的,巧或者不巧,无非都是异性。作为诗歌批评家,徐一蕉麾下,也不乏女诗人们来来去去。没办法,这就是话语权的厉害。徐一蕉对于那些个花花草草,早已经是手挥目送,长袖善舞了。徐一蕉怎么不知道,在感情这件事上,绝对没有什么公平可言。谁能吃定谁,谁能被谁吃定,这都是没有办法的事。爱上了,就得受苦。谁陷得越深,谁受的苦越深。谁越主动,谁就越被动。他可不想平白地找罪受。况是青春日将暮,桃花乱落如红雨。他原想着是要游戏人生的。就说那位女诗人,大老远从湖北跑过来,巴巴地来家里找他,为什么?还不是因为他的被动。他是可有可无,无可无不可。他擅长的是虚晃一枪,看着是交锋了,叮当一响,火星迸射,其实呢,是根本没有接招,是避实就虚。调情嘛,可不就是嬉皮笑脸,装傻卖痴,假作真时真亦假。是不是这样的态度,更能点燃女诗人的爱情,或者是,更激发起了她的斗志,也未可知。可是这不怨他。难不成,就因为她的死缠烂打,他便就此从了?真是荒唐。可是伍千媚这个小妮子,怎么就这么翩若惊鸿,吊人胃口呢?

整整一天了,徐一蕉都是心神不定。女诗人不告而别,这倒没有什么。本来么,就是闲看庭前花开落,随意一瞥而已。要想非叫他带回家,怎么能够!要命的,是伍千媚。这个小妮子,不会误会他和那女诗人吧?当时,那女诗人正把一大块鱼肚子,夹到他的碟子里面。虽说没有什么,可女诗人那一双眼睛,哪里管得住。真是要命。伍千媚就是傻子,也该看出了一二吧。或者,她只是装傻罢了。

咖啡馆一见,他也没有机会要她的电话,到底还是托了黄色这小子,七拐八拐,才要到了。黄色说:"怎么,这次真上了心了?"徐一蕉说:"什么话!这天底下,哪里有让我上心的女人?玩玩呗,闲着也是闲着。这小妮子,有点意思。"黄色摇头说:"不像。真心不像。你小子,什么时候这么上赶着过?"

短信发出去,徐一蕉就有点后悔了。怎么能这么莽撞呢?四十岁的人了,久经沙场,竟还像一个毛头小子,沉不住气。要是人家不回,他这张老脸,该往哪里搁?就算是回了,这开篇的一笔,是他先画下的。那往后,是不是永远得是他负责开篇了?徐一蕉想起伍千媚的那双绣花布凉拖,石绿的底子,上面绣着一朵小的雏菊,奶白的花瓣,芯子里却是渐渐变绿的。细的石绿的带子,缠在纤细的脚腕子上。

伍千媚的短信一直没有来。徐一蕉心里一忽油煎似的,一忽又是冰窖一样。一会儿看一遍手机,一会儿又看一遍手机。

没有。还是没有。

晚上,一夜的乱梦颠倒。好像是回到了小时候,外婆家的村子里,和一群小孩子玩捉迷藏。米子一转身就不见了,他到处找,找啊找,怎么也找不着。天渐渐黑下来,村庄被暮色慢慢包围了。有老鸹在远处叫。嘎,一声,嘎,又一声。他急得哭起来,大声喊米子,米子。夜色像是老鸹的翅膀,渐渐把村庄覆盖了。庄稼啊树木啊房子啊,仿佛都沉到一个很深的梦里去了。米子。外婆。他哭着,喊着,却把自己喊醒了。没有拉窗帘,月光透过纱帘漏进来,就落在他的床前,像是秋天早晨的霜,洒了一地。米子。电光石火一般,他一下子坐了起来。米子。那个伍千媚,竟然跟米子十分相像。也不是眉眼,也不是身段,就是那种干干净净的神情,简直就是米子了。

后半夜,徐一蕉再也睡不着了。

米子。这都是多少年前的事情了?他和米子,背着书包去上学。秋庄稼快熟了。玉米吐着缨子,棉花地里花都开了,黄色,粉色,白色。谷子地里立着稻草人,戴着大草帽,怪模怪样的。一只蚂蚱从草棵子里飞起来。那条村路,长满了青草、蒿子、狗尾巴草、马苋菜。灯笼草开着淡粉色的小花。他总觉得,那条弯弯曲曲的村路,会把他们带往很远的地方。

米子早早辍学了。他却一路念下来,一直念到了北京城。后来,他再也没有见过米子。隐隐约约的,听说她嫁了人,过得不如意,又跑去南方闯荡。芳村的人们,说什么的都有。有说赚了大钱的,开宝马住别墅,有说是跟了个大老板,被人家包养了,也有说在那种地方见过她,是当地的当红头牌。徐一蕉半信半疑。

老实说,他什么都不愿意相信。他宁可相信,米子还待在芳村,嫁了个老实人,生了一群孩子。从少女,变成一个地道的乡村妇人。他一点都不该感到惊讶。这是米子的命。不是吗?可是,米子不应该连根拔起,妄想着在城市的钢筋水泥里重新活过。城市是什么德行,他是早就领教过了。城市的苦头,他也早就尝遍了。他徐一蕉是男人,活该吃苦。一个人,离开了家乡,还能有什么甜头可尝?可米子不一样。米子是女人。米子手无寸铁啊。

月光流了一屋子。房间微微荡漾起来,像是小船浮在水上。月光混合着星光乱飞,也不是星光,是床头黯淡的灯光。徐一蕉躺在床上,忽然便有些恍惚了。

真是奇怪,怎么就莫名其妙的,又想起了米子。都这么多年了。他以为,他早已经把这些个都忘记了。居京城,大不易。这些年,他只顾着埋头打拼,攻城略地,哪里还有闲心闲情,挥霍在这个上头?放纵也是有的,可终归止于放纵,若是不动心,只是皮毛之痒,就更无法伤他的筋动他的骨。这就容易得多了。这年头儿,什么都是快捷方式,简单实用,没什么挂碍,最好不过了。老实说,也不是一次都没有想起过。有一回,也是喝多了,夜里,回到家,赶一篇文章,心血来潮,就在百度里输入了"米子"这两字。一大片相关信息唰唰冒出来。他屏住呼吸,一条一条地看。心里怦怦怦怦乱跳着,一双眼睛简直不够。没有一条是他的米子。没有一条。"米子"这两个字,在海量的信息里面,是醒目的红色,却没有一条,同他相关。他把米子弄丢了,再也找不到了。他给自己倒了一杯红酒,大口喝下去。他的泪无声地流下来流下来,流了一脸,他也不管。那一夜,他酩酊大醉。

五

盯着电脑大半天了,还是一片白茫茫的屏幕。脑子里乱糟糟的。这样的时候,是很少有的。他清楚,他手里的这支笔,是他的兵器。在京城这个大战场上,他得靠了他手里这兵器,杀出一条血路来。公正地说,他是肯吃苦的。在电脑前,一坐就是一整天。他的那些个大块的文章,就是这样一笔一画地写出来的。是谁说的,每天写下多少字,好像就是,拉出来一大块砖头。真是形象啊。每当他灵感堵塞的时候,他就想起了这个比喻。他在屋子里走来走去,像一个困兽。有谁知道他的艰难呢?他的那些个薄名,也不是浪得的。同门的那些师兄弟,毕业这么多年,都一把年纪了,发稿子还要求人,还要掏版面费,饶是这么着,也没有几个写出什么名堂来。他呢,算是其中的佼佼者。一块儿聚的时候,有那么一点小领袖的感觉了。大家都捧着他,即便是玩笑话,也尽是恭维的意思。徐一蕉怎么不知道,他们捧着的,不是他这个人,而是他手里的那支笔。

他啪地合上电脑,起身抽烟。

平日里,他不怎么抽烟。抽烟对身体不好。而且,抽烟的男人,身上总有一种烟味儿,怎么洗都不行。徐一蕉有轻度洁癖,对气味尤其敏感。酒呢,也喝一点,却不沉迷。是谁说的,从不醉酒的人太可怕,因为太理性。真是屁话。这是一个疯狂的世界,如果再少了理性,非得全完蛋不可。有时候,徐一蕉不免想,是不是,就是因为他太理性了,所以才不是一个好诗人,不得已做了批评家?他端起吧台上的咖啡喝了一口,咖啡是昨晚的,早凉了,有一种冰凉的苦涩的味道。也不知怎么,他偏爱这味道,从来不加糖和奶。他喜欢素食,偏信养生之道,热爱运动,迷恋红酒,兴致来的时候,还涂抹上几笔。在城市里这么多年,徐一蕉早把身上的泥巴都洗干净了。墨水这东西,当真是厉害。

如今,在自己家里,徐一蕉穿一件鸽灰色丝绸睡袍,咖色软缎拖鞋,喷的是香奈儿蔚蓝男士淡香水,油头粉面,谁能够火眼金睛,一眼看破他的出处呢?他从小住外婆家,在那个村子长大。私心里,他觉得芳村才是他的故乡。而对南方那个小村庄,他却不怎么关痛痒。世上的事就是这样不讲道理,他在那里出生,后来呢,却最终成了那里的客人。陌生,拘谨,竭力想要亲热,却总归觉得隔膜。是不是因为,芳村有他的外婆,还是因为,芳村有他的米子呢?即便是芳村,他回去得也不多。一年也就是过年一趟吧。每一回,他都是兴冲冲地去,却是一肚子纠结地回来。他宁愿每个月给家里寄钱。当然了,这是最简单的方法了。最简单的方法,却往往最有效。眼下这个世道,不论是芳村,还是北京,钱就是王道。这是真的。现在,还有他的外婆在。九十二岁高龄了,好像风中的烛火摇曳。要是哪一天,这烛火熄灭了,那么他和芳村的关系,该如何处理?

阳台上养着很多花。滴水观音,含羞草,大叶绿萝,金边吊兰,龙血树,茉莉花。阳台不大,倒是收拾得花木葱茏。晾衣架上晾着前天洗的床单,浅米色的底子,上面飞着淡淡的花影。年轻的时候,他可不敢用这么浅的床单。阳台下面是一片绿地。刚刚修剪过,显得有点秃。绿地边上栽着月季,还有木槿,还有一种什么树,他叫不出名字来,开着一大朵一大朵的深粉的花。那种粉有一点村气,叫人想起小时候,家里的花被子。洋布被面,大朵的黄牡丹,缠绕着大片的绿叶子,偏偏衬了高粱红的底子,艳得不讲道理。这小区环境不错,安静,楼间距大,绿化也好,最重要的是,交通方便,算是地铁房。在北京,交通是大事。徐一蕉这房子到地铁口,走路也就几分钟,倒是十分方便。

徐一蕉慢慢踱到书房,把烟头掐灭。烟灰缸是一个大肚的陶瓷罐子,土黄色,有那么一点古朴的味道。这罐子是他有一回出差,从景德镇抱回来的。想着拿它来插花的,却阴错阳差的,做了烟灰缸。这世上的事,怎么说呢。一缕青烟从罐子里慢慢浮上来,浮上来,正想着会不会有一个魔鬼忽然出现,电话却响了。

不是魔鬼,却是他的女学生。

这女学生是这一拨学生中最招人的一个。河南人,却长得娇娇怯怯,有江南女子的味道。据传,常常有豪车来学校接送,惹得学院里那一帮男老师都不顾师道尊严,破口大骂这世道,骂崩坏的人心,却独独舍不得骂这女学生。相比之下,徐一蕉倒是镇定得多了。虽然也有一股子愤怒,不知道是义愤还是私愤,可终究是憋在心里头的。能怎么样呢?大环境如此,人嘛,总得活下去。难不成,还要一头撞死在自己的书桌上,做这个时代的烈士?

老实说,徐一蕉也不是只有一身的俗骨,谁没有年轻过?谁没有过一腔热血?可是现实这东西,就是这样坚硬。如果不怕头破血流,只管往上面撞就是了。这些年,他也不是没有撞过。撞得血肉模糊,还得和着眼泪,自己舔自己的伤口。不说旁的,就说身边这些个女人,哪里当得起"冰清玉洁"这四个字?都是一身的铜臭。一个一个现实得可怕,赤裸裸的物质主义,连遮羞布都懒得张罗了。房子,车子,银子,哪一样少得了?就说那女诗人,远兜近转的,还不是想让他给她写一篇评论,还要把她的诗收入他主编的那一套选本里头?却还是婉转一路的,好歹打着爱情的幌子,又不乏献身精神。如今的姑娘们,当真是豁得出去。

说起来,徐一蕉单身这么多年,找来找去,怎么就找不到一个像样的,能娶回家来的呢?女诗人不算,那些个乱七八糟的烂桃花也不算。伍千媚？都不知道在谁的怀里笑呢。都说这年代是剩女时代，就拿北京城来说，大龄未婚女青年一抓一把，遍地都是。殊不知，像徐一蕉这样的剩男，也不在少数。难不成，是这么多年在脂粉堆里打滚儿，人都麻木了？

学校附近，也就这一家日本料理最地道。环境也幽雅，最适合两个人吃饭聊天。徐一蕉赶到的时候，那女学生已经在等他了。徐一蕉有一点受宠若惊的感觉，让这样的女孩子等，实在是不像话。看女学生言笑晏晏的样子，知道她没有介意，心想这姑娘倒是懂事儿，一面心里又有点怨，怨这女学生来得早了。女孩子嘛，头一次约会，还是该矜持一下才好。当然了，也不能太过。玉人迟来，方才更添情味。其中的分寸，实在不好拿捏。徐一蕉叫侍应生过来点菜，又问那女学生爱吃什么。女学生说，徐老师你随意，又笑着补充说，我这个人，很好养的。徐一蕉不由得心里一动。

今天晚上，女学生穿了一条裸色苎麻长裙，露肩，直身，脖子里垂下一颗蓝色的珠子，拿一根细皮绳系着。黑潦潦的头发，越发衬得她粉脸娇媚。耳坠也是两颗小的蓝色珠子，灯光下，圆润可喜。徐一蕉心想，今天晚上，这姑娘是要演哪一出？也不动声色，只扯一些闲话。两个人边吃边聊。徐一蕉偷眼看那颗珠子，只觉得古艳有味。心想也不知这是什么宝贝，是谁送的。还有那只包，竟然是 LV 包，新款限量版。徐一蕉心里暗暗吸了一口凉气，想这女学生果真是个厉害人物。

日料的好处就是,味道清淡,食材健康,食器也精致。徐一蕉看着那女学生饶有兴味地把玩那小碟子,说,喜欢?喜欢就归你了。那女学生说,那怎么行?徐一蕉说,我说行就行。女学生只当他说笑话,也不在意。一顿饭下来,女学生的手机嘀嘀声不断,徐一蕉想真是个忙人啊。这么个大忙人,怎么想起来和他吃饭了?

出来的时候,已经是九点多了。门廊上挂着红灯笼,写的是日文,门口的侍应生穿着艳丽的和服,弯腰送他们出门。夜晚的北京,是灯光的河流。天上地下,星星点点,叫人分不清是真的还是假的。这个点儿,有点不尴不尬。不算早,也不算晚。徐一蕉犹豫着,要不要请她去哪儿喝一杯,还是送她回去。那女学生的眼睛亮亮的,不知道是不是有灯光不小心跌进去了。脸上也亮亮的,像是釉彩缸里头捞出来一般。徐一蕉心里又是一动。鬼使神差地,约她去家里坐坐。女学生笑了,说,好啊。早听说徐老师家里漂亮,我正好过去瞻仰一下。

一路上,两个人都不怎么说话。女学生身上系着安全带,很安静地靠在座位上,一动也不动。那样子,仿佛是被绑架了。光影在她脸上跳跃着,一明一灭,一明一灭。裸色的长裙,长发一飞一飞的,有受难的圣母的意思,有一点凛然,有一点颓废,还有那么一股子说不出的英气,倒不像是那个娇娇怯怯的女孩子了。徐一蕉心里方才好受了一些。刚才,他话一出口,就后悔了。这么晚了,带一个女孩子回家,算是怎么一回事?这么多年了,他荒唐是荒唐,可很少带那些个女的回家。私心里,他还是觉得不洁。这女孩子也真够疯的。一口就答应了。他原本想着,她一定会婉转推辞的。徐一蕉心里不太舒服。有一点失望,有一点高兴,还有一点说不清道不明的东西,叫他心口堵得慌。当然了,往常徐一蕉也不是没有这么干过。可那都是外头那些个莺莺燕燕的。这一个,却是他的学生。兔子还不吃窝边草呢。好歹他也是一堂堂大学教授。抓不住狐狸,他可不想惹一身骚。至少,徐一蕉想,至少在外头吧。外头酒店有的是。他常去的那一家,就挺好。正胡思乱想,那女学生却说话了。讲的都是学校里的逸闻逸事,徐一蕉是第一男主角。徐一蕉笑得嘎嘎的,一个劲地谦虚,说,哪里有,乱说。没有的事儿,没有的事儿。

车堵得厉害。三环上排着长龙,一动都不动。不知道是不是出了什么事故。这个时候,徐一蕉的一颗心反倒安静下来。夜空中光影交错,看上去斑驳一片。今天是个晴天,应该是有月亮的吧。路边的行道树,倒都是蓊蓊郁郁的,可总叫人觉得,是强弩之末的意思了。到了这个季节,它们的盛期也快要过去了。车里放着音乐,也不知道是什么曲子。有一点哀愁,也有一点喜悦,又像是一个细雨的黄昏,一个村庄里,炊烟缓缓升起。温暖,又有事,叫人心里一下子软软凉凉的,一点办法没有。这些碟子都是黄色给他弄的。黄色这家伙,看上去嬉皮笑脸的,骨子里却还是一个文艺老青年。

六

回到家的时候,已经是快半夜了。徐一蕉洗了澡,坐在飘窗那儿发呆。午夜的京城,还是那么流光溢彩,像一个华丽的虚无的梦。天空很高很远,一眼看不透。方才,看着那女学生下了车,脸儿气得白白的,却还是微笑着,跟他道晚安。真不愧是见多识广的美女,在这种时候,还这么好风度。一转过身去,她可能会哭吧,骂他伪君子、假正经,甚至,会在人前虚构一下他们之间的这个夜晚,以及这个夜晚的故事。夜里有风,她的长裙在风里飞起来,仿佛一朵花忽然开了。在那一瞬间,他有一些心软,骂自己不是东西。装B,矫情。王八蛋。为什么不呢?煮熟的鸭子,就这么让他给放飞了。他徐一蕉这么多年,什么时候干过这样的蠢事?他想起女学生的蓝色的珠子,脖子上的,耳朵上的,像是泪滴。珍贵的蓝色的泪滴?

他坐在地毯上,背部正好硌着椅子腿,硌得他疼了,他也不管,他就是要让自己疼一疼才好。这些年,他是麻木了。红尘颠倒,乱梦交错,他过的究竟是怎样的一种生活啊。认真究起来,所谓的学术,不过是扯淡罢了。他肚子里那点货色,他怎么不清楚?诗歌呢,他是早就不写了。诗歌本就是这个世界的梦呓,诗歌批评,也不过是痴人说梦,强作解人罢了。批评家。他怎么不端着他的兵器,对这个荒诞的世界做一番义正词严的批评?是不能,不愿,还是不敢?平日里,他很少想起这个。他忙,忙着跟生活较量,在红尘里折腾,又卑微,又琐碎,哪里顾得上这些个宏大高蹈的事情?

至于爱情,原先他倒是一直相信的。他总觉得,这个世界,总还是有爱情的吧。爱情,就算爱情是人类的一个梦,也是一种安慰吧。人,不管多么渺小,多么艰难,一旦没有了梦,是多么可怕的事情。这么多年下来,他却越来越迷茫了。女人倒是见识过不少了,可是爱情这东西,怎么好像离他越来越远了?就像是少年时候,夏天的夜晚,在房顶上看星星。银河苍茫,像一个遥远的传说。可是天地良心,那个时候,他总相信,牛郎和织女的故事,不是神话,是逼真的、可以实现的梦。

私心里,他并不是多么想结婚。单身也有单身的好处。怎么说呢,他热爱自由。这世上,还有什么比自由更重要的?他亲眼看到,黄色这小子,在婚姻里面扑腾,好像一只被关在笼子里的鸟。真是声声啼血啊。黄色一张嘴就是段子,又贫又贱,肯定是被压抑的。黄色老婆,徐一蕉是见过的,典型的女汉子,是一家外企的副总,人却长得漂亮,泼辣能干,又会赚钱。跟黄色站在一起,是天地悬殊。这黄色简直就是一个屌丝男,小公务员,半死不活的,拿着死工资,没有外快,随着年纪渐长,仕途上,也没有多少机会,甚至,连出差机会都几乎没有。不像他老婆,整日里飞来飞去,像个空中飞人。不止一回,徐一蕉骂黄色,人心不足,能娶上这样的老婆,是他们老黄家祖坟上冒了青烟,劝他趁早收了心,别瞎折腾。可黄色这小子,哪里听得进去。细想黄色招惹的那些个女的,都是容貌极为平常的,有的呢,甚至可以说是丑了。同他那老婆比起来,简直是一个天上一个地下。也不知道,黄色这小子是怎么一回事。有时候,被逼问得急了,黄色竟然破口大骂。骂得激烈,一口一个他妈的,也不知道是在骂谁。

找充电器的时候,发现了一个小碟子。徐一蕉想起来,这是他从那家日本料理顺出来的,匆忙中竟然忘了送给那女学生。小碟子是梅子青色,幸喜没有勾边儿,也没有半点修饰,不然就俗了,竟做成了马蹄的形状,放在那里,像是马蹄恰恰踩了一颗青梅,不小心留下了新鲜的湿印子。难怪那女学生喜欢,果然别致。那女学生的眼光,倒是挺毒的。也不知道,这个时候,那女学生是不是睡了。今天晚上,他算是把她得罪了。这比一个响亮的耳光上去,更叫人受不了吧。可是,他当时怎么就过不了那个坎儿呢。就是现在,他也没有感到后悔。当然了,惋惜还是有一些的。他想起女学生那夜风中飞起的长裙,不由得叹了口气。

睡不着。他把给伍千媚的那条短信翻出来,看了一遍,又看了一遍。琢磨着语气是不是对,措辞是不是得体,甚至连标点符号都一一斟酌过了,并没有觉出有什么不妥。那条短信像一只放飞的鸽子,一去不复返。他心里不由得咬牙,暗恨这女人狠心。

七

早上很晚才醒来。看看外面,却还是灰蒙蒙的。北京这一段雾霾严重,有多少天看不见蓝天白云了?徐一蕉磨磨蹭蹭地起床,洗漱,吃早点。下午学院里有个会,他得过去点个卯。然后,再去赶另一个会。学院里的会是每月例会,听说是评职称的事儿。职称是大事,可是干着急不管用。学院里指标有限。院长说了,谁有本事,你们去跑,跑下来,我给你们请功。都是屁话。学校都跑不下来,他们一个文弱书生就能跑下来?他怎么不知道,这是学校一贯的作风。不就是个教授嘛,都是一个圈子里的,谁不知道谁?教授和副教授的差别,真的就有那么大?当然了,平时说起这个来,都是满不在乎的样子,可是心底里,有几个真正放得下的?所谓的出世,超脱,都是自欺和欺人罢了。从来都没有得到过,你叫他们怎么放得下?都是凡夫俗子,靠柴米油盐过日子的,谁能真正地把世事勘破?徐一蕉打算露个面,就开溜。另一个会是诗歌研讨会。好在,离学校不是太远。这样的研讨会,他是轻易不肯错过的。作者是一个很有点影响力的诗人,刚刚出了一本诗集,出版社为了宣传,出面为他张罗。据说,邀请的都是圈子里有分量的人物,想来必定是大佬云集,他千万不要迟到才是。当然了,红包是必须的。否则,就凭他每个月那几两碎银子,他怎么能活?

正翻着厚厚的诗集,心里琢磨着是不是预备一篇发言稿,电话响了。

一听是他弟弟,他的普通话立刻转换成老家话。他弟弟说是要到北京来,在一个工地上找了活儿。他张口就说,来北京?你觉得北京是好混的?北京也是你能来的?他弟弟在电话里半晌不吭声,只听着他长篇大论地数说北京的不是。什么物价高,交通不方便,房租贵,人挤人,不是人待的地方。也不知道是听进去了,还是一直在忍耐着,他弟弟一直不吭声。他说,怎么了你,怎么不说话?他弟弟瓮声瓮气来了一句,北京这么坏,你怎么还在那儿待着?他一下子给噎住了。

是啊。他这是怎么了?是不是,潜意识里,他就不愿意让他弟弟来?怕给自己添麻烦?还是怕他弟弟亲眼看见他真正的生活?

他就这一个弟弟,早早成了家,孩子也有了,据说,第二个孩子也在赶来人世的路上。弟弟是一个老实疙瘩,只知道种地。可这年头儿,光种地哪能活下来?弟媳妇却是一个极灵巧的人儿,能说会道,满嘴都是他弟弟的不是。他不喜欢这个弟媳妇,却也不敢得罪她。他怎么不知道自己弟弟的短处?

电话早挂掉了,话筒里传来嘀嘀嘀嘀的忙音。他这弟弟也是一个倔脾气。手机响了一下,是一个温馨提醒,提醒他下午准时参会。这家出版社,做事还是很规矩的。

毕竟已经是立秋的节令了。天空仿佛一下子就高了,远了。

风里面也有了凉爽的意思。下午,雾霾竟慢慢散了。可以看见一片一片薄薄的云彩,飞过来,飞过去。过一会儿抬头再看时,却又不见了。方才,副院长的讲话又臭又长,他心里急得上火,生怕晚了。好在,路上的车不多,还算好走。又是红灯。他把窗玻璃摇下来,想看看外头的路况。却一眼看见一个女的正在过马路。

伍千媚穿一件宝石蓝长裙,上面是一件明黄色短衫,戴一副嫩黄框的太阳镜,背着一只宝石蓝的小包,阳光照在她的头发上,像是笼着一层淡金的轻烟,雾蒙蒙的。他简直看得呆了。

外头人声喧嚣,像海浪一样,一下就把他的叫声淹没了。他急得什么似的,正想着停车下去,却见绿灯亮起来。后面的车鸣笛声响成一片。

马路口,是兵荒马乱的光景。那女的忽然间偏过头来,他的心扑通一声。哪里是伍千媚。

他长长地叹了口气。

八

下了一场雨,秋天就真的要来了。

北方的雨就是不一样,说来就来,说走就走,痛快得很。即便是这个季节的雨,也不像江南细雨那样缠绵。雨后的早晨,空气新鲜。整个城市像是被洗过一样,又干净又清爽。小区里有一个健身区,就在楼下。这一阵子,徐一蕉经常感到背疼,颈椎也不大好,在电脑前坐的时间长了,针扎一般地疼。不知道,是不是因为失眠引起的。他在伸背器上做了几回,觉得效果还不错。草地湿漉漉的,散发着一股子郁郁的草木的气息。一颗一颗的露珠,在草尖上闪闪发亮。有一大片花丛,他也叫不出名字,开着一朵一朵的小黄花,明艳极了。他仰脸躺在伸背器上,努力伸展着腰和背。天空很高,很远,是那一种难得的蓝色。没有一片云彩。天空深邃,宁静,有一种莫名的召唤的力量。他看着那蓝色的天空,心头蓦地生出一种情绪,有一点悲怆,有一点辽远,还有一点酸楚,叫他喉头发紧。他呆呆地看着天空,一动不动。

有老头老太太过来锻炼。说说笑笑的,看见他,声音就低下来。他们是不是在想,这个大男人是谁,大周末的也不睡懒觉,倒勤快。有一个老头,扶着轮椅慢慢学走路,一个老太太在旁边跟着,寸步不离。看样子,是老两口吧。那老头应该是中风了,眼和嘴有点歪,不太说话,偶尔一句,也是口齿不清。老太太倒是很利索的一个人,穿戴得体,头发梳得整整齐齐。笑起来呢,很爽朗,皮肤白白的,年轻时候,大约也是个美人。也不知道,这一辈子,他们是怎么熬过来的。熬到现在,依然得咬着牙,一步一步往前走。虽说是笑着的,可是那笑里头,谁知道有没有别的。

往回走的时候,他看见有人从外头买早点回来。油条,豆浆,热腾腾的一大袋子。莫名其妙地,他忽然就有点馋了。有多少日子不吃这个了?原本,他的早餐里是拒绝这些的。油炸食品不好,那个油呢,也叫人不放心,怕是地沟油。豆浆呢,都传说是豆浆粉冲出来的,哪里有他在家现磨的新鲜豆浆好,真材实料,香而且浓。情不自禁地,他跑到小区门口的早点摊子上,要了两根油条,一份豆腐脑,津津有味地吃起来。桌子上有醋,酱油,辣椒油,他又往碗里一一加了。真是香啊。豆腐脑有点烫嘴,他吃得咝咝哈哈的,十分过瘾。人渐渐多了起来,排起了一个弯弯曲曲的队伍。他坐在塑料凳子上,很惬意地看着来来往往的人们。早点摊子上油烟滚滚,白的蒸汽一大片一大片,慢慢浮在空中,叫人觉得,这个火热的早晨,有烟火气,有尘土味道。这才是生活的滋味吧。不知道什么鸟在叫,一声高一声低的,好像就在那几棵梧桐树上,又像是在楼后面的小树林里。

  回到家,发现手机上有好几个未接电话。他靠在沙发上,慢慢地查看。电话有老家里的,也有黄色的,还有一个是陌生号码。短信呢,是女诗人的。女诗人照例问候他周末快乐。他看着那几个字后面缀着的表情,是一张笑脸,笑得眼睛弯弯的,心想这女诗人真是内心强大,素质好,都这么久了,难为她还能坚持对着他笑。要是换成旁人,早就破口大骂了。可是,他该如何回应呢。置之不理吧,不好,显得也没有风度,回应一下呢,却是一点兴趣都没有。女诗人的评论,他不打算给她写,那样的东西,叫他怎么评论?捧不是,棒不是,真是左右为难,干脆就不置一词。还有他主编的那个选本,要是真的塞上个把首女诗人的诗,那这套书就不太像了。有句话怎么说来着,一粒老鼠屎坏了一锅汤。还有一层,若是这女诗人是男的,也就罢了。偏又是个女的,还是这样一个惹是生非的女的,他何苦来哉?左思右想,他原样奉还了一句,周末快乐。没有标点,也没有表情。随她去吧。他弟弟打电话,莫非是真的来北京了?正要打回去,不想黄色的电话过来了。

徐一蕉赶到的时候,黄色已经在等他了。

黄色是地道的老北京人,算是土著吧,据他说,祖上曾经是显赫一时的朝廷命官,后来不知道因为什么,家道衰落了。黄色是在北京的胡同里出生的,典型的胡同小子。虽说是小市民的日子,却到底是皇城根长大的,见多识广,尤其是一张嘴,又贫又油,叽里呱啦扯的都是国家大事。大学毕业后,因为是北京户口,直接就业了,到东城区一家单位当了公务员。那个时候,公务员还算容易,不像现在,还要考试,过五关斩六将,难于上青天。黄色早早上了班,徐一蕉却还得苦巴巴地考研,为了进京指标。好不容易毕业了,一看,形势逼人,要想进高校,还得考博。就这么一路考下来,徐一蕉简直要考"煳"了。黄色不免幸灾乐祸,笑徐一蕉是朝圣之旅。徐一蕉说,你小子不小心生对了地方,站着说话不腰疼。

黄色见了徐一蕉,也不打招呼,自顾喝茶。徐一蕉见他脸色不好,眼睛底下有两块青,知道是遇上烦心事了,也不问他,只陪着他喝茶。这家茶楼是他们常来的,中国风的装饰,雕梁画栋,挂着肥大的红灯笼。服务小姐都一水儿的旗袍,粉色丝绸,黑色的镶滚,头发在脑后绾起来,绾成一个秀丽贤淑的髻。伺候他们茶水这一个,好像是个新人,长得齿白唇红,十分娇俏。正胡思乱想,被黄色在背上擂了一拳,徐一蕉知道是自己走神了,说,不好意思,不好意思。徐一蕉说怎么了,看你一张苦瓜脸,准没好事儿。黄色咧嘴苦笑了下,说着火了,这回真着火了。徐一蕉说后院?后院着火了?

领班走过来,说送他们一例点心。领班是一个丰腴的女人,也穿着旗袍,却是大红色的,开衩处是金线绣的凤尾,十分富艳雍容。一面叮嘱他们慢用,一面问黄色:"好久不见你那女朋友了哈,黄哥?"黄色支支吾吾,一时说不上话来。徐一蕉看着那领班的背影,对黄色说:"你小子赶紧招了吧——到底是哪一个?"

茶楼里倒是安静。有丝竹之声隐隐传来,仿佛是来自天际,又仿佛是,就在耳边,撩拨得人一颗心毛茸茸湿漉漉的。窗子半开着,外面是一棵北京槐,很老了,开着一朵一朵的槐花,白里面,透着一点淡淡的绿。昨天一夜的风雨,树叶子绿得发亮,绿蜡一般,竟不像是真的了。风悠悠吹过来,伴着细细的丝竹,好像有一股子微微的甜味,带着一点湿的腥气。黄色唠唠叨叨说着,一口京片子,炒豆子一般。墙上挂着大大的京剧脸谱,生旦净末丑,都有。他们这边,是一个小旦,满头珠翠,粉面桃腮,眉眼间似悲似喜,好像结着一股愁怨,又好像是,有一段欲说还休的心事。忽然觉得,这个小旦,特别像一个人。

黄色还在倾诉他的烦恼,翻来覆去的,像极了祥林嫂。左不过是他的某一个女人,被他老婆发现了,闹着要离婚。这样的案子,也不是什么新鲜事儿。在人间,天天上演的,还不就是这些个男盗女娼,鸡零狗碎?问题是,黄色那强势的老婆,这一回提出了离婚。原先,这么多年了,她是不是真的就没有觉察,还是一直在冷眼旁观,专等他露出破绽?黄色呢?这么多年了,一直抱怨自己的婚姻,在这个牢笼里,他不得自由,心心念念想逃走。他荒唐,胡闹,总没有安生的时候。这一回,按说他该如愿以偿了吧。离开他那栋漂亮的大房子,离开他那气焰盛大的女汉子老婆,他的自由女神来了,为什么他却哭了?

喝完茶,两个人又去吃烤鱼。黄色喝得大醉,说了很多掏心窝子的话。徐一蕉把他骂了个狗血喷头。黄色说,你丫的徐一蕉,骂得好,骂得痛快。我他妈的就是一个行尸走肉,行尸走肉。徐一蕉你呢,你丫就装吧,装大尾巴狼,你以为你是谁?你以为,你披着一张知名教授的皮,就真的是人了?徐一蕉,你他妈的那些个破事儿,我他妈的一句都不想说。徐一蕉,你丫是不是我哥们儿,你说,是不是我哥们儿?

已经是午夜了。京城里依然灯火璀璨。环路上的车却稀少了。窗外,京城的夜晚,又静谧,又繁华。高大的建筑物,像一把寒光闪闪的利剑,直插进夜空的心脏里去。窗子敞开着,风迎面吹过来,灌了一车子。音乐被吹得时断时续,像是一串长长的省略号。他的脸被吹得都麻木了,像是戴了一个面具,紧绷绷的难受。头发被弄得乱七八糟的,他也不管。车子里吊着那个平安扣,是一个女粉丝绣的。平安。在这样一个混沌的时代,即便是肉身得以平安无恙,那么精神呢,精神上的动荡不安,又该如何抚慰呢?这么多年了,他从来都是选择貌似对的生活。貌似对的,貌似容易的,他是正经人。在世俗规定的秩序之内,他靠着小聪明,小才华,不错的情商,渐渐摸索出来的小技巧,在既有的轨道上,顺畅地滑行,轻情的,甚至是漂亮的,时而有着一小小的花样,有惊无险,是胸有成竹的意思。然而,这是不是他内心想要的生活?这么多年了,他从来没有见黄色这样失态过。黄色是谁?正儿八经的北京大爷,什么时候都没有正形儿,嘴里难得有一句实话。他最大的特点是玩世,对这个世界,他从来都是不恭的,对什么都看不上,什么都不在话下。他什么时候像今天这样过?

怀柔这一片,是一个别墅区。绿树丛生,在夜色中,显得格外幽深。黄色周末常常来这里住。朋友们聚会,地儿也宽敞。有一个大大的露台,可以吃烧烤,也可以开 Party。这别墅妙在临着一条小溪流,里面是野生的虹鳟,做成刺身,生吃,新鲜得能吃掉半个舌头。还有一个小花园,栽着一棵很大的杏树。白杏,又面又甜,十分肯结果子。每年杏子成熟的时候,徐一蕉总能大饱口福。

到别墅门口的时候,黄色已经睡着了。徐一蕉推了推他,没有推醒。车前灯雪亮，把小花园照得通明。徐一蕉正要扶黄色下车，忽然间便愣住了。

只见小花园里，那棵老杏树底下，两个人影子纠缠在一起，被这雪亮的灯光给惊扰了，还没有来得及分开。金色的拖鞋，涂着蔻丹的光脚，淡金的丝绸睡袍。是黄色老婆，和一个陌生的男人。杏子落了一地，有一个被鞋子踩了，哩哩啦啦的汁液，在青石板上，溅成一朵花的形状。徐一蕉闭上眼。

什么才是生活的真相呢？徐一蕉把窗子慢慢摇上来。音乐在狭小的车子里面，渐渐变得清晰。外面的夜色，像是一个巨大的梦，是不是，他一直就在这个梦里沉醉着，不愿意醒来，抑或是，不敢？

在立交桥下，他忽然就迷失了。层层叠叠的立交桥，盘来盘去，像一个巨大的谜。桥边，好像是一个什么山庄。里面种着茂密的花木，密密层层的，随着夜风，高高下下地起伏。徐一蕉干脆就把车停在路边，掏出手机，已经是凌晨两点多了。

夜色阑珊。北京睡着了。人却还醒着。不，是半梦半醒。

刺

一

早上起来,燕小秋便忙开了。

其实,从上周那一个短信,燕小秋便一直忙个不停。房间是收拾过的。可是,再怎么,终觉得不如意。当初真不该听大冯的话。这种赭红色家具,沉静倒是沉静的,可时间久了,乌沉沉的色调,总不免给人黯淡敝旧的感觉。还有那窗帘,葡萄紫的天鹅绒,厚且重,若不是配了乳白色镂空窗纱,不知道该有多沉闷。雕花铁艺大床,也显得繁复了,金属的质感,暗金的色泽,有一种兵气——竟不像是令人千回百转的婚床了。卧具是自己挑的,却是大冯的意思。一床的玫瑰,灼灼地盛开着,显得喧闹——其实,私心里,她更喜欢那套紫罗兰的,忧伤的,低调的,飞着兰草叶子的暗影,有那么一点文艺腔。

重点是客厅。当初,为了这客厅,大冯没有少费心思。玄关的设计,尤其能够见出匠心。博古架也妙。在迎门处立着,虚实相映,像屏风,是犹抱琵琶半遮面的意思。燕小秋不放心钟点工,亲自动手,把地板仔细打了蜡。花瓶里的百合,早嘱大冯买了新鲜的。台布也换了,理由是,在商场看到了打折的,又好看,又便宜。大冯不说话,只是一面抿嘴笑,一面把茶几上的小零碎一一挪下来,帮她把台布铺好。窗子半开着,可以看见绿茸茸的草地。新夏的风吹进来,把那一丛凤尾竹抚弄得簌簌作响。

大冯出去买早点了。小区门口的绿豆煎饼,口味十分地道。平日里上班忙,只好忍着,逢到周末,燕小秋一定要央大冯买回来一套,解解馋。大冯看着她的馋样子,说,跟你说了多少回,小摊上的东西,不干净。放着好好的面包牛奶不吃,你这人真是。——抱怨归抱怨,一到周末,大冯还是捧着鸡蛋,乐颠颠地跑出去排长队。

冰箱里是满的。肉蛋奶,新鲜蔬菜,各式小甜点,红枣桂圆阿胶羹,蜂蜜蛋白维C面膜液……燕小秋翻了半天,把三黄鸡拿出来,预备着炖汤。太阳照过来,厨房里雪洞似的,料理台被擦得一尘不染,各式餐具亮晶晶的,漂亮得像工艺品。燕小秋厨艺不错,却轻易不露身手。倒是大冯,对厨房怀有一种不寻常的热爱。私心里,燕小秋不喜欢大冯这种热爱。大男人,扎着围裙在厨房里忙碌,终归是不像。怎么说呢,大冯这个人,最是可以嫁的那一种,细心,体贴,知道疼老婆。家务上,也能文能武,能伸能屈。在外面呢,也懂得做人处事。人生得还算排场,一米八三的大个子,相貌且不论,只在那里一站,便自有一种铿锵的男子气。当初,燕小秋头一回带大冯回家,把母亲喜欢得什么似的,拉着人家的手,一口一个小冯,问东问西,恨不能把人家的祖宗八代都问候遍了。事后,燕小秋悄悄向母亲表达不满,当时母亲在厨房里,正切大白菜,听女儿噘着嘴,嘟嘟哝哝地抱怨,把菜刀往案板上一砍,说,怎么?我一个好端端的大姑娘给他,还不能够多问一句?吓,什么道理!燕小秋看着案板上那一堆乱七八糟的大白菜,张牙舞爪地躺在那里,忽然一句话都说不出。

父亲倒是镇定的。只管坐在那里,慢条斯理地喝茶,聊天,谈一谈时局,论一论天下,政治、经济、军事、历史,都是男人的话题。在北京,不要说胡同里的大爷大妈、早市上卖水果蔬菜的阿姨、出租车司机,即便是大街上坐小马扎闲聊的老太太,也能够对国事天下事侃侃而谈,见解独到,仿佛是,那些个叱咤风云的人物正是他们家多年的街坊,对于街坊邻里那些事儿,他们门儿清得很。在大冯面前,父亲的话并不多,淡定沉着,一句千金,一句顶一万句。那通身的风度气派,让人感觉眼前这个人,简直是满肚子的经韬纬略,竟不像是一个车间里钻出来的工人。就连燕小秋从旁看了,也是暗暗惊诧。后来大冯不止一次跟她感叹,这老爷子,是老北京的范儿。

大冯回来的时候,燕小秋正踩着凳子在储物顶柜里乱翻。"找什么呢这是,大清早的。"大冯一面换鞋,一面说,"我来我来,爬高上低的。"燕小秋说:"你不知道。那一套咖啡壶,深咖啡色底子,细细地勾了银边的,就是沈好送的那一套。"大冯说:"干吗?你又不喜欢咖啡。"燕小秋头都不回,继续翻。大冯说:"吃饭——都什么时候了,这一大早晨。"燕小秋不理他。大冯只好说:"几点的飞机?北京这破交通,又赶上周末,不定堵成什么样子——先吃饭好不好?"

二

太阳一点一点明朗起来。

今年的夏天,比往年还要早一些。北京这地方,春天向来短。往往是,头一天刚觉出了毛衣的热,隔一天,一场风沙吹过,便要按捺不住换薄衫了。害得燕小秋满衣橱的罗愁绮恨,每一件都是一阕深闺怨词。燕小秋爱衣裳——有哪个女人不爱衣裳呢。尤其是,她和大冯日子丰足,不差银子。只是差一样,两个人没有孩子。不是不想要,是要不来。每一次回家去,母亲的唠叨全是老一套,主题鲜明。大冯独生子,你得给人老冯家生个一男半女,怎么样,这个月——母亲天生的大嗓门,自以为压低了嗓子,不想却是满世界都听得见。把燕小秋气得撂下东西要走,被大冯拦下了。母亲自知理亏,觑着女儿的脸色,也不好深说,当着女婿,又不便失了威严,一转身,对着大冯,便哭开了。一面哭一面数落,一定要从燕小秋的出生说起,一路说下来,一直说到燕小秋出嫁。大冯从旁立着,不好劝,也不好不劝。丈母娘这一套典故,他是早就听熟了的。每一个章节的曲折跌宕处,他简直都能够背得出来。左不过是诉说做母亲的不易,养儿女的艰辛——到头来怎么样,还不是白白疼人家一场,白操了一辈子的心——可怜天下父母哪。大冯也无法,只有好言劝慰,百般譬解,陈明自己并非求子心切,丁克一族,有的是嘛。当然,孩子也必得生——只是急不得——燕小秋在隔壁听着两个人的对白,知道是难为了大冯。怎么能不急呢?冯家的二老,先倒还沉着,事业上风生水起,他们暂时还顾不及这个。及至退了休,才觉出了膝下的荒凉。逼着大冯,朝思暮想,要抱第三代。大冯呢,又是孝子,不肯违逆老人的意思,便私下里求燕小秋。两个人医院跑了无数趟,左右查不出毛病。病急乱投医,也找了不少民间的方子,仔细照办了,仍是不见任何动静。大冯倒是没有说过什么。凭良心讲,结婚这么多年,大冯从来不曾说过她半个不字。可他越是不说,燕小秋心里越难受。她也知道,这事不能全怪她。可是,到底该怪谁呢?

厨房里热气腾腾,鸡汤在砂锅里咕嘟咕嘟响着,香味混合着蒸汽,雾蒙蒙弥漫了一屋子。燕小秋坐在梳妆台前补妆。头发是新做的,脸呢,也刚刚做了护理。燕小秋天生皮肤好,水当当的,可以吹弹得破。可是岁月这东西,真是厉害。燕小秋忽然发现,眼角眉梢处,已经有了淡淡的细纹。平时倒看不出来。可是不能笑,尤其不能开怀大笑。对于女人的笑,燕小秋是有心得的。揣测一个女人的年纪,别的暂且不论,只看她的笑便好了。年轻女孩子的笑,都是没心没肺的,明亮的,烂漫的,没有遮拦的,阳光一般,大片大片扑下来。而女人一过三十,便不同了。那笑是矜持的、节制的、心有顾忌的——她们到底是成熟了,她们学会了用眼神。燕小秋对着镜子笑了一下,轻轻叹了口气。还好。还不是十分不堪。当然了,同十年前,是再不能比了。

那时候,她还在读大学,水蜜桃一般的年纪。母亲逢人便说,我们家小秋哪——母亲这是炫耀。这一条胡同里,挨家挨户地数,有老燕家姑娘这么出息的吗?没有。模样好不说,还特别会读书——老北京人,对读书啊功名啊这些事,向来是心情复杂的,有点出世,有点超然,有点满不在乎——他们见得太多了——然而,终究还是热心。皇城根儿,天子脚下,能不知道读书的好处?学而优则仕。这是老话。小民百姓,都懂这个。况且,老燕家姑娘的大学,说出来那是响当当的。放在早年间,不是状元,也得是榜眼探花。这姑娘人既有学问,性情又好。见了人,不笑不说话。一对小酒窝,不知道有多甜!更重要的是,甜归甜,这姑娘还有一种叫人喜欢的痛快劲儿。为人大气,还有那么一点胡同姑娘特有的泼辣,因为读书多,那泼辣便被另一种书卷气给迂回了,外柔内刚,掩映得恰到好处。人们都说,老燕家的小秋,是草窝里的凤凰,将来啊,说不定要飞到哪棵梧桐木上。

母亲顶喜欢听这种奉承。眉开眼笑的,简直不知道该怎样谦虚才好。背地里,母亲对父亲唠叨,小秋的事得把好关——姑娘大了,得防着点。燕小秋耳朵里听了一半句,不免纳罕,防着?防什么?难不成,姑娘长大了,反倒成了贼?

父亲却不以为然。父亲的口头禅是,听小秋的。从小,在任何事上,父亲都是这句意见。包括上大学,选专业,找工作,甚至,包括燕小秋的婚事。有时候,看着父亲歪在藤椅上,闭着眼睛,摇头晃脑听京戏的样子,燕小秋就想,父亲这样一个北京老爷们儿,闲散落拓,乐天知命,怎么会同爆炭一般的母亲走在一起?

那时候,燕小秋当然还没有认识大冯。大冯完全是后来的事。

那时候,燕小秋甚至还没有认识周止正。

燕小秋读外文系。第一次见周止正,是在戏剧社。那时候,大学里的社团很热闹。文学社、戏剧社、乐队、朗诵团……男生女生们,无非是借着社团的幌子,一起玩闹罢了。有一回燕小秋他们的戏剧社排戏,《哈姆雷特》,有一段戏左右处理不好,就有人嚷着要去搬救兵。燕小秋只顾同沈好她们说话,却见一个人走过来,也不同大家打招呼,径自坐下来,开始说戏。沈好在燕小秋耳朵边叽叽咕咕说着那外教黑哥哥的故事,忽然觉得气氛不对,便噤了声。

是在学校的小礼堂。象牙黄的太阳从窗子里照过来,有一片正好落在那个人头发上,金色的粉尘纷纷乱乱,把额前那一绺头发撩拨得雾蒙蒙的,仿佛笼了淡淡的金烟。刮得铁青的下巴,微微上翘,在那片象牙黄的阳光里一扬一扬,有一种又坚硬又柔软的弧度。皮夹克上的金属扣子闪烁不定,反射到旁边的墙上,形成一个晃动的光斑。燕小秋张着耳朵听他说戏,眼睛却追着那个光斑看。墙上有两道裂纹,看久了,竟看出了一个画面,仿佛一个奔跑的人,在那光斑后面追。燕小秋看着看着,不觉出了神。那个人说着戏,并不看人,只在偶尔停下来的时候,朝人群中横掠一眼。燕小秋只觉得那个人眼睛里高高莽莽有野草乱摇着,她在他的目光里情不自禁地缩了一下。

晚上,大家一起到学校旁边的北平楼吃火锅。客人很多。炭烧的铜锅,冒着大团的蒸汽,空气里流荡着羊肉的香味,浓郁热烈。火锅这件事,必得人多,方才吃得像。大家热热闹闹地吃羊肉,喝二锅头,个个红头涨脸的,有点嗨。燕小秋听出来了,那个人叫周止正,文学院中文系的老师。周止正酒量很大,一杯接一杯,面不改色。酒风也好,从容镇定,有那么一点大将风度。沈好在她耳边悄悄说,可惜了。燕小秋不说话,只是抿嘴儿笑。她知道沈好的意思。周止正个子低了一些。沈好对男生的第一要求,便是身高。外面不知什么时候飞起了雪花,大家兴致越发高了。雪夜围炉吃火锅,真是凑趣得很。有人提议行酒令,众人都纷纷附和。窗玻璃上浮着一层水蒸气,模模糊糊的,看不清外面的夜色。不知道是谁拿指头在上面写了一个字,龙飞凤舞的,燕小秋看了半天,到底没有认出来。

结束的时候,已经很晚了。远远地,雪地里立着一个女孩,长发,火红的羽绒服。有男生便起哄,周老师,佳人有约啊。有人念起来,看红装素裹,分外妖娆——周止正笑了一下,并不分辩,也不立时过去,只管和人们镇定自若地说着话。那女孩也依旧在那里立着,路灯下,那团火红仿佛燃烧起来,把周围的雪地都照亮了。

后来,燕小秋一直没有问起那个女孩子。只有一回,两个人打完羽毛球,靠在一起休息。暮春的风,浩浩荡荡吹过来,西府海棠很老了,纷纷落落的,一地的花瓣乱飞。燕小秋忽然问道,那个红装素裹——周止正正仰脖子喝水,忽然便呛着了,咳嗽起来。红头涨脸的,竟是止也止不住。远远地,有几个男生飞车过来,参差不齐地喊,周老师!周老师好!周止正咳嗽着,冲他们挥挥手。燕小秋坐在地下,仰着脸看他咳嗽。他咳嗽起来很特别,一只拳头空握着,虚虚地顶在唇上,有一绺头发被甩下来,随着咳嗽的节奏,在额前跳来跳去,有一种神经质的脆弱的美感。羽毛球场旁边的白玉兰已经开尽了,淡黄的花蕊,在风中毛茸茸颤巍巍的,有一点危险,有一点疯狂,仿佛马上就要落下来了。

床上乱七八糟扔了一堆衣裳。燕小秋有些气馁。也不知道怎么回事,一橱子衣裳,全是当初动过心的,而今,竟仍是找不出最喜欢的那一件。有什么办法呢,女人对衣裳的态度,正仿佛薄情的浪荡子。燕小秋蹙着眉挑来挑去,左右斟酌不定,索性便把一件旗袍扯出来。这旗袍是大冯专门从瑞蚨祥定做的,油绿色薄丝绸料子,绿得新鲜湿润,所过之处,连同空气都被染上了鲜绿的湿印子。细细的黑色镶绲,七分袖,配上她雪样的肌肤,倒是十分明艳照人。燕小秋看着镜子里头那个人,丹凤眼,微微有些吊眼梢,斜斜飞到两鬓里去。忽然想起来,是在自己家里,这装扮,未免有些夸张了。大冯也真是。偏要在家里。其实,私心里,她更愿意去饭店。去饭店好。饭店的大厅,或者包间,是另一个舞台。在舞台上,唱念坐打,都是戏里的功夫。既是戏,便是远离了尘世纷扰,与人间的烟火全不相干的。当年的大学时代,燕小秋也算是在戏剧社里混了几年,这一点道理,她如何不懂?可是在家里却不同了。家就是这样一个地方,家让一个人无处遁形。燕小秋叹口气,把旗袍脱下来,换上一件鸽灰色麻质低腰宽脚裤,奶白色棉麻绣花小衫,头发松松地绾了,露出弧度美好的颈子,把脸上的妆洗净,重新拍了爽肤水,淡淡地敷了面霜。唇也不点,眉也不画,镜子里,反倒是一派清新气象。燕小秋忽然想起那一回,在戏剧社,演完戏卸妆。燕小秋坐在镜子前,用化妆棉,把脸上的朱粉仔细擦去。只听有人在身后唔了一声,叹道,这才是你。燕小秋一惊。镜子里,周止正抱着双肘,歪着头,危坐在一只道具箱上,深深地,直看到她的眼睛里去。燕小秋被他看得不自在。也不说话,只顾专心卸妆。其实,你完全不必化妆的——周止正说,那些粉黛,反倒把你弄污了。燕小秋红了脸,心里暗想,这人,倒会奉承女孩子。嘴上却说,周老师,真会说笑话。按照你们英语的习惯,你似乎应该说,Thanks。周止正纠正道。燕小秋不敢看镜子里那个人的眼睛,一颗心只管卜卜卜卜地乱跳起来。不知道谁在前台弹琵琶,《牡丹亭》里那经典的段落。忽然就错了一个音,像一颗慌乱的流星,倏忽一闪,很快就过去了。

厨房里传来嗞嗞的响声,燕小秋慌忙跑到厨房看。银耳莲子羹溢出来,滴在热的灶台上,冒出一片片白色的水汽。这是大冯为她炖的甜品,燕小秋顶喜欢。在这方面,大冯向来有耐心。当初,最令母亲称心的,正是这一条。大冯这个人,有一点自来熟。见了面,跟谁都能聊上半天,又热络,又自然。第一回上门,大冯就把胡同里的大妈们收买了。大冯特地跑专卖店,买回各种老北京小吃。驴打滚儿、艾窝窝、豌豆黄、麒麟酥,都是老字号的名头,包装考究,仿佛小家碧玉穿了凤冠霞帔,使得那些个寻常的小吃也变得不寻常起来。胡同里的大妈们,有谁不爱这一口呢?老街坊们都说,老燕家这姑爷,好。燕小秋听了,恨得直错牙,朝着大冯左横一眼,右横一眼。大冯微笑着,只作看不见。母亲见了,更是喜欢得不得了。大冯呢,蹬鼻子上脸,越发把外套脱了,挽起袖子,要帮母亲洗菜做饭。慌得母亲赶忙四下里找围裙。燕家的厨房本就局促,大冯这么大块头,长手长脚,左一横,右一竖,简直是一屋子的大冯。大冯张着两只胳膊,背朝着母亲,任由母亲帮他啰里啰唆地系围裙,完全不顾燕小秋的咬牙切齿,直冲着她做鬼脸。那一顿饭,倒是让大冯做了掌勺,母亲呢,剥蒜剥葱,给他打下手。一番煎炒烹炸,大冯就整治出一大桌子来,菜是菜,汤是汤,活色生香,很丰盛了。最难得的,都是就地取材。母亲窝着腰,忙不迭地给大冯搛菜。那份殷勤热切,让燕小秋都有些难为情了。大冯陪着父亲喝酒。大冯酒量不行,不一会便红头涨脸的,熟虾米似的,嘴里的奉承却是一字不差,说燕伯伯您好酒量。您这量,我只怕再活半辈子,也赶不上啊。父亲便得意地呵呵笑。母亲说:"大冯,你别夸他——"把一块鱼肚子夹到大冯面前的碟子里,一面横了父亲一眼,"见了酒不要命,老没出息——看不让人大冯笑话!"

怎么说呢,燕家就燕小秋一个独生女。母亲这辈子最大的遗憾,就是没有儿子。街坊邻居唠起闲嗑来,这是母亲的短处。如今,大冯这么一个高高大大的男孩子,忽然从天上掉下来,掉到燕家的小院子里,又懂事,又勤快,简直让人不知道怎么喜欢才好。当然了,还有一条,大冯的家境好。用母亲的话,一看就是好人家的孩子嘛,不然怎么这样好家教。燕小秋心里暗笑,母亲倒是忘记了,自家的姑娘,便是胡同里长大的孩子。大冯的父母,都是大学教授,算是书香门第。大冯自己呢,有一份体面的工作,有房有车。大冯才多大! 母亲不止一回跟燕小秋唠叨,你这臭脾气——可别委屈了人大冯! 燕小秋眼皮一挑,嘿,我就奇了怪了,您到底是不是我亲妈啊——

三

  大冯去超市了。燕小秋嘱咐他买一条新鲜鳜鱼。清蒸鳜鱼,一定要新鲜的才好。鱼食也没有了,顺便捎两袋回来。小区门口有一家京客隆,方便得很。燕小秋察看了一下砂锅里的鸡,淡黄色的汤汁,渐渐变得浓稠了。燕小秋把火调得再小些,算了一下时间,应该差不多了。电话忽然响了,燕小秋吓了一跳,赶忙跑过去接。却是沈好。沈好说她在逛商场,有一件黑色羊毛小外套,问燕小秋要不要。燕小秋笑起来,说拜托啊亲,现在几月份,人家都要换夏装了,你还羊毛小外套,简直是——沈好说反季啊,才两折!咱们穷人,还不是这样淘衣裳。哪里像你,人一阔——燕小秋笑骂着,一口截断她,哪儿么多话买就买呗,反正钱你先垫着。沈好在电话那一端啰里啰唆地描述那外套的样式,燕小秋呜呜嗯嗯地听着,有些心不在焉。怎么了你?大冯惹着你了?燕小秋说没有啊,没有。别骗我啦。心不在肝上,早听出来了。燕小秋笑起来,妖精!昨晚没睡好。沈好的笑声从电话线那边一路蜿蜒而来,看,我猜对了不是——还是大冯。

  一小片阳光落在电话机旁的茶几上,跳跃着,把水竹的影子弄得微微颤动。燕小秋也不知道为什么,方才,竟然没有跟沈好说实话。算起来,燕小秋和沈好,应该是发小。两家的胡同,隔着一条马路。也真是缘分,从小学到中学到大学,两个人一直同班。无话不说,好得能穿一条裤子。当然了,大学毕业的时候,到底有了分别。沈好去了一所中学做老师。燕小秋呢,由大冯父亲出面,托了他当年的学生,到一家部委机关做了公务员,清闲优游,上班无非是一张报纸几杯茶,薪水却是颇为丰厚。沈好不止一回跟燕小秋感叹,干得好不如嫁得好。女人哪,得信这个。燕小秋不说话,笑。燕小秋听得出沈好的意思,这小妮子,是为周止正不平。

当初,和周止正的事,沈好是知道的。可是,沈好不知道的是,后来两个人为什么分手。周止正多好的一个人啊。除了个子差那么一点点达标。饶是这么着,还把中文系那帮女生惹得拈酸吃醋,一个个乌眼鸡似的。就连戏剧社那几个著名美女,也不由得芳心大乱。女孩子们,都是虚伪的小东西,在情感上,最是口是心非。平日里,提起周止正,都是一脸的漫不经心,满嘴的不是。然而当着周止正的面儿,那种种行止情状,却又不同了。周止正呢,也不大理会,偶尔开两句玩笑,不轻不重,不疼不痒,完全是局外人的样子。那副吊儿郎当不沾尘埃的倜傥劲儿,惹得女孩子们越发起性儿。

那阵子,燕小秋已经开始跟周止正约会了。其实,认真说起来,也算不得约会。只是有几回,出了门,碰巧遇上。老实说,燕小秋心里最清楚,这种邂逅,是有预谋的。谁的预谋,燕小秋说不好。爱情这样东西,有点莫名其妙。不好说。真的不好说。周止正身上,有那么一种东西,让她感到一种莫名的吸引。他的眼睛里仿佛有野草在风中跌宕,锋利而莽撞,却又漠漠的,有一些淡然,有一种,怎么说,让人把捉不准的苍茫。两道法令纹很深,有一点沧桑,还有一点倦意。笑起来,倒像个小孩子,嘴角翘起来,一口耀眼的牙齿,眼睛里的野草也变得绿绿软软的,有点同年龄不相宜的单纯。

据说,周止正当年也在这所学校,硕士之后,读博。后来留了校,算是文学院最年轻的老师。文学院的女老师多,女学生也多,到处都是莺莺燕燕。周止正这样的年轻男老师,简直是稀有动物。关于周止正的传说自然也多,版本不一。当然了,都有或多或少的那么一点绯红色。传说中的周止正,天生一颗情种,处处留情,在适宜的条件下,发发芽,开开花,也都是寻常事。至于结果,竟是不得而知。人们说起来,全是调侃的口吻,有那么一些纵容的意思在里面。仿佛周止正这样一个人,假若没有一点绯闻,反倒不正常,反倒委屈了他,辜负了人们的想象和期待。周止正呢,对这些传闻,仿佛是知道的,也仿佛,并不知道,或者是,即便知道也全不放在心上,人前人后,照例是一派洒脱风度。文学院旁边的网球场上,周止正是一个明星人物。蔚蓝色的运动衣,英气逼人得紧。女孩子们在一旁围观,蝎蝎螫螫的,尖声叫着,笑。不远处是校车停泊的地方,在图书馆对过。几个女老师立着等车,矜持地聊着天。脸上一本正经的,仿佛并不注意网球场这边的热闹,然而,一双眼睛却情不自禁乱飞,哪里管得住。路边的木槿开了。层层叠叠的花瓣,淡紫色,带着微微的金粉,有一些繁复。

也不知道怎么回事,在周止正面前,燕小秋发现自己是紧绷的,像一把琴上,最敏感的那一根弦。稍一碰触,便铮铮崩崩作响,余音不绝。这哪里像平日里的燕小秋?北京长大的女孩子,有一种难得的大方,这大方是一种气质,是见识和眼界之中成就的一种修炼。自小,燕小秋就是一个大气的女孩子。她会在母亲躺地下撒泼的时候,旁若无人地坐在一旁吃小豆冰棍。白花花的大日头,一院子的树影。蝉在老槐树上嘶呀嘶呀地唱。父亲早已经躲出去了。街坊们几番欲来劝说,都在燕小秋镇定的目光里退缩了。待她慢条斯理把冰棍吃完了,把那支薄薄的木片放进嘴里,仔细地吮吸干净,到屋里端了一杯凉白开,走到母亲跟前,蹲下来,递过去。母亲不接,她就只管端着。半晌,母亲的哭声渐渐变成了抽泣。她把杯子送到母亲手掌心里。声嘶力竭的母亲,看着眼前这小小的人儿,被她的气势镇住了。母亲是一个多么强悍的人物!在这条胡同里,原是出了名的。一辈子,母亲永远在指责父亲。在母亲眼里,父亲就是一个胡同串子,同提笼架鸟的北京大爷相比,竟是又低了不知几格。游手好闲,无所事事,满嘴里跑火车。跟所有的北京侃爷一样,父亲立在胡同口,跟一个卖冰棍的都能够一侃大半天不动窝儿。父亲在阀门厂做了一辈子,退休前,最大的官做到小组长,而且是副的。母亲心比天高,偏是命比纸薄。母亲的一句口头禅是,男怕投错行,女怕嫁错郎。这嫁人啊,是女人的第二回投胎。全凭运气。这种话,燕小秋自小就听熟了。

门铃响的时候,燕小秋吓了一跳。猫眼里一看,却是大冯。不是有钥匙吗?燕小秋嘟哝了一句。大冯说,姑奶奶,我又没长着三只手。燕小秋看了一眼那些大大小小的购物袋,问鱼买了吗。大冯把手上一个湿淋淋的袋子摇了摇,说,活蹦乱跳的,一斤八两。燕小秋说,噢。拿了鱼食去喂鱼。

确切地说,这是大冯的鱼。大冯顶喜欢的,就是跟燕小秋父亲喝酒,聊养鱼。父亲平生最大的爱好,除了喝酒,便是养鱼。燕小秋家的小院子里,有一个很大的鱼缸,生满了绿幽幽的青苔,蹲在那棵老石榴树下。是大冯给搬回来的。原先也有。大冯说,原先的那个,太小了。鱼缸是鱼们的屋子,屋子小了,闷得慌。一老一少聊起鱼来,一聊大半天。石榴树开花了,火红一片,偶尔有一两朵,落在鱼缸里,颤悠悠地,旋转着。鱼们早就见惯不惊了,兀自悠闲地游来游去。母亲在厨房里做饭。隔一会,便出来看一眼。嘴里絮絮叨叨的,这爷俩。看这爷俩。

燕小秋拿着鱼食逗弄那一对锦鲤,忽然扬声冲着厨房说,鱼子留着啊,别扔。大冯说,忘不了。大冯正在厨房里收拾鱼。做鱼,还是大冯拿手。大冯往往是一鱼两吃,还能熬出奶白奶白的一锅鱼汤,撒上香菜末、胡椒粉,再点上几滴香醋,真是一绝。燕小秋嘴上不说，心里却不得不承认，大冯在做菜方面，是有天分的。其实，做什么事，都要有天分。比方说，大冯做菜。比方说，父亲养鱼。比方说，母亲唠叨。比方说，周止正演戏。

最初，周止正来戏剧社这边，不过是帮着说说戏，提提建议，挑挑刺，有那么一些顾问的意思。沈好他们制作的海报上，也总是很醒目地打上——文学顾问：周止正。周止正被大家拉着，一块喝酒，聊天，看小剧场话剧，去小西天看电影。混得多了，年纪又轻，大家也都熟不拘礼，周止正周止正地叫他，并没有觉得有任何不妥。仿佛从一开始，周止正就是他们的同学。后来，有一回，排话剧《雷雨》，演周萍的聂森病了，正一筹莫展的时候，周止正说，我来。

怎么说呢，无论从样貌外形，还是从精神气质，周止正都跟周萍不是一回事。可是那一回，周止正简直把周萍演活了。后来，连以演经典原版周萍而著名的聂森都嗞嗞地吸着冷气，连连说，周止正，你丫牛。周止正不说话，把长袍一撩，很有风度地坐在桌子的一角，嘴角一翘，笑。

晚上大家照例在学校旁边的菜馆喝啤酒。周止正喝多了，跟平时不太一样。他举着酒杯，频频地跟旁人碰，清脆的撞击声夹杂着女孩子们的尖叫，简直要把那个炎热的夏夜给引爆了。那个晚上，周止正格外听话。他们划拳，输了的，罚酒，或者把酒瓶子顶在头上，五分钟内，不许掉下来。周止正头上顶着酒瓶子,摇摇晃晃地走来走去。啤酒雪白的泡沫快乐地冒出来,沿着杯子边缘流淌。燕小秋很安静地坐在一个角落里,看着大家狂欢。演繁漪的是一个叫茹锦的女孩子,整个晚上,她一直闹着跟周止正喝酒。几杯酒下肚,眼波就不对了。嘴里叫着,萍,萍——完全是繁漪的声口儿。周止正的脸上湿漉漉的,不知道是啤酒还是汗水。他声情并茂地同繁漪即兴对白,仿佛那乱糟糟的酒馆,正是他的舞台。繁漪隐在灯影中,婉转美丽地微笑着。这是一个苍白郁悒的女孩子,笑起来,有那么一点微微的神经质。她望着她的萍,仿佛溺水的人,试图努力抓住岸边的芦苇。大家都慢慢静下来,笑看着眼前这一幕。沈好把嘴巴附在燕小秋耳朵边,酸溜溜地说,这一对儿,怕是要假戏真做了。燕小秋端着酒杯,看着周止正那张湿漉漉的脸,忽然发现,那些亮晶晶的东西,分明是眼泪。这个发现令燕小秋有一些不安。正胡思乱想,周止正举着酒杯走过来,跟她碰杯。周止正说,你笑话我。燕小秋,你笑话我——燕小秋正待开口,周止正却仰起脖子,把杯子里的酒一饮而尽。

结束的时候,已经是深夜了。周止正喝醉了。男生们拥拥簇簇地送他回去。棒球场旁边是一个小园子,叫作樱花园。燕小秋和沈好穿过樱花园,回宿舍。夜风吹过来,浸染着木槿和月季的香气,还有草木湿润新鲜的味道。沈好忽然说,这个周止正,八成是失了恋。

有一天一早出门,楼管给了燕小秋一束玫瑰,还有一封信。燕小秋接过信,一颗心别别别别跳起来。几乎凭着某种本能,燕小秋就知道是谁的信。一张淡蓝色洒金布纹信笺,飞着暗暗的花影。上面是一首诗:

二十一
停靠。船只被水识破
二十一只水鸟飞翔
二十一句情话热烈,田野安静
我喜欢热烈,像收拾整个六月

整个六月,我只遇到红色
旧时的院落开出花朵,拥挤
年少的石头,堆积成谜语
桃子落在地上,那么甜蜜

时间滴落了,如遇炊烟
世事被熏染成雀鸣,到处流传
我喜欢重复叫你的名字
图画摊开,河流里暗藏你的晶莹

河流。鱼类。呼吸。猜测……

二十一支箭射向你

没有落款。燕小秋看着那火红的玫瑰,滚着晶莹的露珠,不多不少,二十一枝。

晨曦在校园里流荡,小径上空无一人。空气里有一种湿润润甜丝丝的气息,扑在脸上,毛茸茸地痒。图书馆大楼被一片光晕笼罩着,投下巨大的金色的影子。也许过不了多久,太阳就要出生了。燕小秋在这影子里慢慢走着,想着那诗歌里的句子。二十一。二十一。一抬头,看见周止正在路边立着,一只脚点地,胯下坐着一辆单车,远远地看着她。燕小秋忽然感到手足无措。周止正把下巴一扬。只是那么轻轻一扬,莫名其妙地,燕小秋感到的却是一种不容抗拒的力量。

后来,燕小秋总是想起那一个夏天的早晨。单车在晨曦中慢慢驶过,新鲜的,朦胧的,恍惚的,有一点虚幻,有一点疯狂,有一点不确定。清新的早晨,长发被风吹乱了,遮住发烫的脸。一只手抓着后座的金属架,紧紧地,身子绷得僵硬,指尖冰凉,手心里却全是汗水。忽然一个趔趄,吓得她赶紧抱住周止正的腰。周止正并不回头,自顾吹起了口哨。燕小秋心里怦怦跳着,待要跳下来的时候,已经不能了。晨风在耳边掠过。鸟鸣清澈。玫瑰刺有一些扎手。那一大片金色的光晕汹涌而来,让人忍不住闭上眼。

那一天的课,燕小秋都不记得了。仿佛那个早晨之后,是一段空白,时间的停顿。能够记起来的,只是晨曦中的眩晕,紧绷的,湿漉漉的,甜美的黑暗和明亮的金色,仿佛一首诗歌的旋律,在眼前反反复复,交错,回响,交错。

接下来便是暑假了。周止正回了南方的老家。生平第一次,燕小秋尝到了思念的滋味。信自然是有的。还有情诗。燕小秋躲在小屋里,反反复复地看。电扇也不开,仿佛害怕那些句子被风吹走。丝瓜架上的花开得热闹,茂盛的枝叶间隙,有毛茸茸的小瓜探头探脑。母亲狐疑地在窗外走来走去。院子里阳光热烈,蝉在树枝上懒洋洋地鸣叫。

终于,夏天过去了。秋天来了。

那一回,从香山下来,周止正忽然吻了她。强硬的,坚决的,带着一点莽撞和粗鲁。她被动地招架着,还不懂得回应。她的身子僵硬,却深刻地感受到了他的激情。雾霭从山峰间环绕过来,红叶坠落,有一片落在她的肩头。草地依然丰茂,零星盛开着一种淡黄的小花。

夜色弥漫。北方深秋的夜,到底是有一些寒意了。331路公交车,人很多。周止正一只手抓着上方的把手,一只手环着燕小秋。燕小秋身子紧绷绷的,仿佛一只气球,稍一碰触,随时就破了。汽车摇摇晃晃,像喝醉了酒。周止正的胳膊强悍有力。燕小秋不敢动,稍一抬头,便几乎抵在周止正的下巴底下。燕小秋感到一股热烈的呼吸,夹杂着叫人心慌意乱的男性气息,烤得她浑身滚烫。额前有几根头发一飞一飞,仿佛要逃开去。窗外,是夜晚的北京。万家灯火。

燕小秋失眠了。这些天,心里乱得厉害。想起那天在香山的情景,还是止不住脸红心跳。自始至终,周止正都没有说一句话。周止正话不多,从来都是这样。私心里,燕小秋喜欢沉默的男人。沉默令男人富有力量。沉默令男人深邃而神秘。沉默是丰富而执着的,沉默是金子。燕小秋也知道,这逻辑几乎没有道理。然而,有什么办法呢?人的想法就是这样奇怪,不讲道理。那一天,从公交车上下来,他们去了学校旁边的馄饨馆。大约是因为天晚的缘故,里面人不多。馄饨的热气在两个人之间慢慢缭绕,显得缠绵悱恻。周止正的脸隐在热气的后面,影影绰绰看不清。可是燕小秋知道,周止正在看她。燕小秋不抬眼,只顾专心吃馄饨。吃到最后,竟然什么滋味都没有尝出来。

秋风薄凉,把夜晚一点点吹彻。银杏的叶子落在地上,大片的金黄,徐缓,从容,有一种华美的忧伤。转过枕石园,便是女生公寓。园子里种了竹子,此时枝叶相拂,簌簌作响。燕小秋的手被周止正握着,湿漉漉的,出了一层细汗。周止正忽然停下来,拉她拐进月亮门,进到园子里面。外面的灯光透过竹子漏进来,斑斑点点,落了人一身一脸。燕小秋被迫在墙上,靠着,心里乱跳。周止正吻她,热烈地,温柔地,辗转地,湿润地,仿佛是为了弥补香山脚下的鲁莽。燕小秋的头昏昏沉沉,一颗心却动荡不已。周止正的身上有一种淡淡的薄荷的味道,还有一点微微的酒的醉意。胸肌的坚硬轮廓从衬衣里面凸现出来,给人一种巨大的压迫。燕小秋的胳膊肘无力地推拒着,她感到周止正的一只手绕到背后,伸进她的薄衫里,心里一惊。正要反抗的时候,胸衣的搭扣却已经被解开了一个。燕小秋急得不行,却是动弹不得。周止正的皮带环扣硬硬地硌着她,有一点疼。情急之中,她一下子咬住了周止正的舌头。周止正咝咝地吸着冷气,并不放开她,反倒更加强硬地吻她,吻她。月光混合着星光,仿佛春天的雪,在阳光下慢慢融化,融化成水。她感觉乳房被一只大手粗鲁地握住,像受到惊吓的小鸽子。竹叶拂动,有森森细细的凉意,灯光影影绰绰,把他们的影子画在墙上。燕小秋轻轻抽泣起来。

大冯在厨房里叫她。大冯说鱼收拾好了,他要不要去小区门口迎一下。还是去机场?北京这交通!燕小秋看着鱼们在鱼缸里慢悠悠地来来去去,半晌说了一句,不用吧,不用。大冯就说,这个点儿了都。北京这交通!两条锦鲤看样子是一对儿。你追我,我追你,相互招惹着,一忽向东,一忽向西,有那么一点故意。水面上吐出一串串小泡泡,倏忽便不见了。小东西。它们是在调情呢。燕小秋听着大冯在厨房里自言自语,忽然有些烦躁。

那回之后,有好几天不见周止正。燕小秋心里百种滋味。本来,燕小秋是打定了主意,不要见周止正的。他得罪了她。她得让他知道,她生了气。她也没有去上课,怕在学院后面的园子碰上。戏剧社的活动,也一概推掉了。图书馆的书本来该还了,想了想,终于决定不去。周止正最喜欢去的地方,便是图书馆。甚至,吃饭也不去食堂,她叫外卖。这样的处心积虑,自然是因为周止正。燕小秋穿着肥大的睡袍,桃腮雾鬓,眼睛水亮亮的,怎么看都不像是生病的模样。沈好在她周围绕来绕去,上下左右打量半响,笑道,怎么了这是——有状况?沈好是个女妖精。

深秋的北京,是最好的季节了。倘若是晴天,到处都是斑斓的颜色。这所学校虽然不大,但是草木繁盛。禽鸟也多。常常看见它们在草地上停停落落。而今,天气渐凉,也不知道都躲到哪里去了。池塘里的荷,也已经枯了。满塘的瘦水残荷,像极了淡墨的中国画,倒有一种说不出的意味。柳树却还是生机勃勃的,丝丝垂碧,叫人不免怀疑,这竟是南方的春天。

周末,燕小秋破例没有回家。周末的黄昏,校园里有一种慵懒的狂欢的气息。银杏树叶子落了一地,踩上去嚓嚓嚓嚓响,仿佛是金色的音符,被一个满怀心事的人无意中碰响,那骤起的音调,倒把人吓了一跳。文学院旁边是一间画室陈列着一些美术作品。有三三两两的学生,在画前流连。燕小秋正迟疑要不要进去,忽然瞥见文学院大楼里出来一个人。她的心怦怦怦怦跳起来。

后来,燕小秋不止一次回想起那一天的情景。周止正脚步轻快,把手里的一串钥匙摆弄得哗哗响,压根就没有看见犹犹豫豫走过来的燕小秋。他弯腰开车锁,直起身子的时候,才倏然笑了,问道,没回家啊?

燕小秋也不知道为什么,那一回,她怎么就会有那么多的眼泪。她哭了。委屈吗?不全是委屈。怨恨吗?也不全是怨恨。不是欢喜,也不是惆怅。有一点酸,有一点甜,还夹杂着丝丝缕缕的苦,或者是涩。仿佛是一个小孩子,一直被大人牵着的手,又忽然被松开,正茫然无措间,转脸却又意外找到了,那一腔心绪复杂纠结,说也说不得。这个时候,大约只有眼泪才是最贴切的吧。院子里的冬青依然绿得可爱。并没有风,却有几片黄叶子无缘无故落下来,有一片落在自行车的车筐里。周止正看着她狼藉的泪脸,迟疑了足足有两分钟,也或者,仅仅是几秒钟,遂牵起她的手,三步两步,匆匆上了楼。

走廊里光线幽暗,仿佛一个曲折隐晦的谜,令人费解。有一间房门被打开,又被轻轻关上。他一进门就抱住了她。她被他抱着,竟有一种隔世重逢的感觉。没有开灯。黄昏的巨大阴影正渐渐覆盖下来,把人间的最后一线光色收尽。他不说话。她也不说话。屋子里的气息渐渐变得黏稠起来,仿佛是两只小飞虫,忽然被一大滴恰巧落下的蜜汁覆盖,淹没,有一点猝不及防,还有一种令人窒息的甜美。两个人跌跌撞撞地摸到一张沙发旁,坐下来。粗的棉麻布的纹理,摸上去有一种异样的感觉,柔软中有一种硬度,粗粝中有一种细腻,仿佛是让人放心,又仿佛是让人放心不下。扶手上搭的大约是镂空针织的沙发巾,流苏乱纷纷垂下来,有一根钩住了她的指甲。丝质的牵绊,仿若小心翼翼的试探,又犹如柔情缱绻的勾引。琴弦微微战栗,在混乱动荡的空气中慢慢绷紧,绷紧。燕小秋仿佛能够听到琴弦即将发出的巨大的轰鸣,华丽而绚烂,足以把这个世界的喧嚣淹没。然而,什么都没有发生。周止正只是抱着她。紧紧地抱着她。不停地拿下巴揉搓她的一头长发,一忽野蛮,一忽温柔。她感到他下巴上粗硬的胡子楂儿,在丝绸般的头发上滑过,不断钩起毛茸茸的细丝。一根,两根,十根,一百根……她的泪水登时无声地滚下来。

窗子半开着。不知怎么,窗子半开着。或许是,方才忘记了关?窗外是一个小花园。这个季节,花木们都心绪萧索了。风吹过来,满园的秋意。那扇窗子的钩子没有挂牢,在风中格朗格朗响着。窗帘被染成了深的豆沙色,在风中微微拂动。周止正渐渐镇定下来。他坐在黑影里,看着燕小秋哭。只是看着,却并不安慰她。燕小秋哭够了,把头歪在沙发上,望着暮色四起的园子发呆。周止正斜倚在沙发的另一端,出神地看着她。半晌,方慢慢说,我不忍心——燕小秋说,什么?不忍心让你做我的女人。周止正字斟句酌,你,太——好了。燕小秋倒被气笑了。什么逻辑!然而,她真的喜欢最后这一句。多年以后,燕小秋能够记起来的,依然是这一句。低低的,热热的,是缥缈的耳语,待要抓住时,却是轰轰的一片耳鸣,只留下一声惘惘的叹息,细听竟又不是了。

两个人坐着,闲闲地说话。黑暗中,可以看见彼此的眼睛,幽幽的,亮亮的,仿佛跳跃的小火苗。摸着黑往外走的时候,不小心撞翻了地上的一摞书,燕小秋趔趄了一下,被周止正一下子拦腰抱住。周止正的呼吸热热的,把燕小秋烤得整个人没有了形状。他满是胡子楂儿的下巴把她的脸蛋揉搓得生疼。她的脑子里轰轰响着,身子软得不行。仿佛两个发高烧的人,在暴风雨中挣扎,身上一阵冷,一阵热。战栗着,挣扎着,无助绝望,而又甜美酣畅。

那个时候,师生恋在大学里已经不是秘密和禁忌了。自然,远没有现在这样明目张胆。然而,周止正却显得有些忸怩。在公开场合,他对燕小秋并不显得有什么特殊,只是照例淡淡的,甚至,有一些,怎么说呢,有一些冷漠。不得不提及的时候,也是连名带姓,一口一个燕小秋。燕小秋看着他若无其事的样子,心里恨恨的,想着私下里背了人,总要报了这仇才好。她眼睁睁地看着,周止正被那些女孩子缠着,脸上照例是一副满不在乎的神情,可是,也不知道怎么一回事,她偏偏在他脸上看出了什么,除了不屑,还有一种自得。他竟是十分享受这种珠环翠绕的恣意人生。一个胆子大的女孩子,竟然当众拷问周老师的情史。众人都眈眈地看着,等着这场戏的高潮来临。不想,周止正并不回答她,只是微笑着,一双眼睛,直看到那个女孩子眼睛里去,看得那泼辣的女孩子红了脸,方才罢休。燕小秋冷眼看着这一幕,心里是又气又笑,想着这个周止正,真是一个该死的。

私下里,也曾经为这个跟他赌过气。周止正却总是一副吃惊的样子,仿佛不相信,燕小秋竟是这样一个小心眼的女孩子。他的口头禅是,你怎么跟那些女孩子一个样啊。当时燕小秋听了便脑子一醒,不闹了。在周止正眼里,燕小秋是不同的。与众不同。是啊,生活已经如此美好,她还想要什么呢?

然而,有时候,却也有那么一种暗暗的得意。越是公开的,越是廉价的。越是隐秘的,越是珍贵的。众目睽睽之下,他和她,守着两个人的秘密。那一种默契中,有一种隐秘的甜蜜,又谨慎又疯狂。

在燕小秋的回忆中,那个秋天是她生命中最迷人的一个秋天。

尽管,周止正总是忙——在学校里,他是一个风云人物,活动也多,社交也广,周末得闲的时候竟不多。然而,燕小秋愿意等。在寝室里等,在公园门口等,在文学院后面的园子里等。回想起来,那个秋天,燕小秋的姿势大约只有一种——等待。等待的姿势是美丽的,也是苍凉的。然而,在这美丽而苍凉的等待中,燕小秋深刻地尝到了爱情的滋味。不一样。跟她想象的完全不一样。她瘦了。整整瘦了十斤。本来便窈窕的身子,更加窈窕了。先前圆润的下巴颏,也逼成了尖尖的。一双眼睛却是灼灼的,亮得有些让人吃惊。沈好看着她的样子,直叹痴心女子负心郎,慢悠悠念出一首闺怨词来。

自然,甜蜜的时候也是有的。仔细回想起来,竟是极少的。大约人总是这样,尝够了苦头之后,即便舌尖上有一点点甜,即便那一点点甜竟或是毒药,也会视若珍宝,小心地,近乎恐惧地,一点一点仔细品尝。并且,正是因为那甜的少,仿佛才越发惹人回味。仿佛是,吃的苦头越多,这场感情越值得珍惜。如同一场赌博,下的注越多,越不舍得放手。

一入冬,便有了那年冬天的第一场雪。北方的雪,可真是好看。到处都是白皑皑的,干干净净。几乎是一眨眼,一切都被藏匿起来了。大地上的一切,荣枯,悲喜,爱恨,仿佛都不曾发生过。从某种意义上,雪,是一种修辞。生活的修辞。有时候,燕小秋望着窗外茫茫的雪景,觉得,这单纯的白,竟最是深不可测。

周止正走了。据说,是辞职。燕小秋始终不知道为什么,他竟然不告而别。就像今天,十年后的今天,周止正,那个失踪了十年的周止正,忽然不速而至。

阳光照过来,把整个鱼缸照彻。水草摇曳,鱼们身上的鳞片闪烁着晶莹的光。鹅卵石光洁润滑,黑的黑,白的白,像棋子。如果说人生是一盘棋,那么,燕小秋这粒棋子,在周止正的生活中,究竟有着怎样的位置?有一块光斑反射上来,落在燕小秋的手背上,不安分地跳跃着,那只手上的淡蓝色血管隐约可见,简直就是透明的了。

大冯从厨房里出来,问她是不是鸡汤该关火了。大冯系着围裙,挓挲着湿淋淋的两只手,鼻尖上汗津津的,小心地看着她的脸色。燕小秋说好,嗓音竟出奇温柔。

当初,遇见大冯的时候,正是燕小秋人生最低落的时候。整整一个暑假,燕小秋天天把自己关在屋里,谁都不知道她在做什么。一天下来,同父母亲,统共说不上两句话。饭倒是照常吃的。母亲小心翼翼地观察着女儿的脸色,几次想开口问,都被燕小秋的神情给堵回去了。母亲一向是个大大咧咧的人,那一阵子,却天天钻在厨房里,琢磨着给女儿做菜。父亲呢,表面上照例是淡淡的,立在胡同口跟人侃大山,伺候他那几条鱼,偶尔,也跟燕小秋母亲嘀嘀咕咕说上好一阵子。蝉在槐树上叫得热烈。大太阳白茫茫的,铺天盖地,把燕家的院子晒得打蔫。石榴树正好在燕小秋的窗前,一树的浓荫,把窗子密密地锁住。

同大冯第一回见面,燕小秋穿一条家常的布裙,米白色的底子,零星开着淡紫的小花。洗得多了,花色有些模糊。头发随便拿橡皮筋扎起来,素着一张脸。母亲捧着新买的衣裳,从旁看着,也不敢深劝,只好眼睁睁看着她出了门,跟在后面叮嘱,你邢姨说了,这孩子不错。你说话柔软些——可别犯犟。

四

新婚之夜,燕小秋哭了。

大冯穿着一身簇新的西装,硬扎扎的,怎么看怎么不像。有什么办法呢,新衣裳就是这样,总不如旧衣裳叫人觉得熨帖,觉得亲切。又是西装。西装这东西,不知怎么,穿在中国男人身上,就是不像,怎么说,有点隔。若穿在女人身上,便更不像了。大冯穿着那套崭新的铁灰色西装,像是一位拘束的客人。他看着坐在床边的新娘,梨花带雨的样子,显得手足无措。这客人在新房里转了两圈,最终才把一条毛巾递过来。毛巾也是新的。大红的底子,上面绣着描金的凤凰。燕小秋不接,他就一直在那里举着。新房里的灯被一张梅红的纸笼住了,整个屋子便笼在一圈淡淡的红晕里。到处都是新的。新家具,新床,新人。门窗上贴着大红的喜字,家具上也贴着大红的喜字。床上是满床的绫罗绸缎,大红的枕巾,绣着鸳鸯戏水。燕小秋把眼前那举着的毛巾劈手夺过来,捂在脸上。新棉布的气息扑面而来,有一些微微的刺鼻。然而还好。

这一回,她到底是把自己嫁了。嫁得风光,嫁得体面,那一条胡同里,谁不知道老燕家这只金凤凰终于飞上了梧桐木?母亲她,也该如意了吧。街坊四邻的口气,也全是奉承夸奖,是捧她母亲的场。自然也有酸溜溜的,母亲只是嘎嘎笑着,装作听不见。然而,燕小秋怎么不知道,母亲这是得意。蓬门小户人家的女儿攀龙附凤,这恐怕是最叫人痛快的得意缘吧。

也不知道过了多久,她才知道已经有人帮她把鞋子脱掉了。她颤巍巍的冰凉的脚,被一双局促的大手握住,水温热宜人,洗涤她抚摩她浸润她,丝丝入扣。一股暖流从脚尖涌起,一点一滴的,直到把她完全淹没。

曾经有一度,燕小秋以为,多年以前,大学校园里的那一段恋情,她早已经把它埋葬了。不是吗?过去的,已经成为过去,而未来的路正长。在生活面前,燕小秋渐渐学会了心平气和。她心平气和地买菜,做饭,洗衣裳;心平气和地吃饭睡觉看无聊的肥皂剧;心平气和地坐机关,敷衍上司,与同事和平相处,也没有什么野心。对父母呢,也懂得了顺着他们的心意,满足母亲并不过分的虚荣心。对大冯,也渐渐心平气和了。至近至远东西,至深至浅清溪。至高至明日月,至亲至疏夫妻。关于夫妻的相处之道,燕小秋是在后来才慢慢悟到了一些。同生活和解,同生活握手言欢,是每一个成年人都必须学会的一课吧。不同的是,有的人需要的时间长一些,而有的人,悟性也高,修炼也够,简直是一点即透。在生活中,后者往往更加如鱼得水。

自然,在这十年中,燕小秋身旁也不乏男人的觊觎,或者叫作青眼也好。燕小秋也慢慢学会了如何与他们周旋。燕小秋怎么不知道,这些男人,是做不得真的。偶尔,她也赴约,同他们喝喝茶,聊聊天。仅限于此。但也只是她兴致好的时候。也有时候,她也让他们受一些折磨和煎熬。但也是适可而止。她不怕他们不认真。他们呢,倘若想在她这里有更多的收获,也是痴心妄想。用沈好的话说,她是百毒不侵,刀枪不入。有时候,燕小秋也纳罕,生怕自己被生活揉搓成一个木头人儿了。偶尔地,她也会忽发奇想,想象着同某个男人一场欢好。不过终归止于想象。不是她贞洁,实在是这么多年,竟没有这样的男人,让她觉得值得偶一放纵。

然而,燕小秋再想不到,十年之后,她竟然还会为一个短信而辗转难安。十年前那一场初恋,竟然仿佛长在她的血肉里的一根刺,拔也拔不出,一碰即痛。她不知道,私心里,她一直在把周围的男人,同当年的那一个暗暗比较。那一个影子,像一把刀,一笔一画,刻在心上,每一刀都是一个伤疤。

大冯,自然是完全不知情的。在他们两个人的关系中,老实说,从一开始,大冯是明显处于劣势一方的。那一回相亲,记得是在一个街心花园。夏日的夕照,把花木笼上一层绯红的霞光。逆着光,她看不清大冯的表情,只看见他崭新的白衬衣,衣领和袖口都扣得严严实实的,也不怕热。身材高大,她只能看到他胸前的第二个纽扣。风吹过来,带着草木繁茂的气息,把她的裙子哗地吹开了一朵大花,倏忽间又谢了。他慌忙把眼睛看向别处。有一群鸽阵飞过,仿佛哗啦啦半空落了一场骤雨。大冯忽然跑开,过一会儿又跑回来,手里擎着饮料和雪糕。后来,大冯不止一次忆起,第一回见他的印象。她想了半天,说,一个字,傻。

谁越主动,谁就越被动。谁爱得多一些,谁就弱势一些。没有办法。感情这件事,就是这样残酷。燕小秋不得不承认,正是在后来的婚姻中,她才慢慢看清了当年的自己。在青春时代的大学校园里,一个女孩子,心痴意软,站在那棵海棠树下,绝望,无助,追赶她青涩而热烈的初恋。那一年,她还年轻。那一年,她二十岁,青涩单白,像一张纸。

当然了,大冯,竟或者猜出了其中的一二,也未可知。都说女人的直觉厉害,男人的岂不是同理。更何况,十年夫妻,仿佛彼此的镜子,镜子里外,对彼此的任何细微异样,不会没有丝毫觉察吧?燕小秋忽然有些心慌意乱。

她想起那一回,晚上做梦,梦见的全是年轻时候的荒唐事。仿佛是大学校园里,银杏树金黄的叶子落了一地,她和一个人手牵着手,一下一下地踩破那硕大的叶子,嚓嚓嚓,嚓嚓嚓,那声音实在是清脆可爱。仿佛是国庆节,也仿佛是秋季运动会,到处都是彩色的旗子,在风中猎猎地飘摇,宛如她飘摇欲飞的心旌。忽然,有一阵风吹过来,身旁的那一个人竟然脱了她的手,飞起来。她惊讶地看着他,越飞越高,越飞越远。她急得大叫起来,喊他。他分明是听见了,却并不回头。她简直喊破了嗓子,一下子竟把自己喊醒了。懵懂地起来,茫然地看着屋子里的灯光。大冯把一只胳膊伸过来,揽住她,安慰道,好了,好了,没事。做梦了吧?不怕啊,不怕。她这才感觉脸上湿漉漉的,都是泪。她把头埋在大冯怀里,不说话。梦里年华恍惚,泪水冰凉,而现实的床头,却是如此温暖宜人。月光透过薄薄的纱帘,照在床头。她心里突突跳着,有一些心虚。奇怪。这么多年了,她很少做这样的荒唐梦。也不知道怎么回事,那一回,竟然又梦见了,简直同真的一样。

老实说,这一回见面,她实在是倍感踌躇。她曾经一遍一遍想象过,同周止正重逢的场景,却总是茫然,仿佛隔了时间的烟尘,一切都模模糊糊,看不真切了。一不小心,倒要被那飞扬的尘埃迷了眼。不过,她倒真的是抱定了一个想法的。十年了,还有什么过不去的呢?时间这东西,厉害得很。有一些事情,早已经过去了。这一回,她正可以趁机做一个了断。其实,也没有什么可了断的。对于过去的那一些事,她早已经记不大清了。至于那一个人,倘若猝然遇上了,或许真的竟像青天白日里,遇上了多年前的鬼吧?这么多年过去了,她大约真的不是当年的燕小秋了。生活中遍布荆棘,她都一路大刀阔斧走过来了。她喜欢那种手起刀落的痛快劲儿。这是真的。这种痛快,是她一度丢失过的。当年,手握着刀柄,战战兢兢优柔寡断,一狠心一闭眼,不想却生生伤了自己。那一种疼痛,她是领教过的。现在的她,心也够狠,手也够辣,她满怀寒霜,知道该如何下手。隔着十年的光阴,她早已经没有那么天真了。

然而,谁会想得到呢?事到临头,她竟然是这样沉不住气。看来,人最没有把握的,竟是自己。

门铃响的时候,已经是下午六点钟了。燕小秋冲过去开门,差点碰翻了茶几上的果盘。燕小秋立在门后,莫名其妙地有些慌乱。她努力把一颗乱纷纷的心按回肚子里去。门外面立着小区物业的老张,笑眯眯的。

午后的阳光流淌了一屋子,是淡淡的琥珀色,像水波,微微荡漾着。燕小秋歪在沙发上,有那么一瞬,有一些眩晕。墙上的钟摆一晃一晃地,左一下,右一下,叫人心慌意乱。有一片阳光落在上面,随着有节奏的摇摆,有一个晶亮的光斑,闪烁不定,让人不由得把眼睛闭一闭。那首诗还在手机里存着:

埋藏起来,将头骨的部分,以及整个五月
砖块砌成历史,记忆模糊
拍照片的人站在一堵墙的前面
一堵墙,或者面孔

我很难叫出你的名字
火车从哪里来,又去向哪里
这一切都像谜语
河流在遥远的地方

撕开夜晚,烛火里的衣裳
还有啤酒,可以赞美的怀疑
梦境里念到的名字
都被大雨洗去

只剩下你,光洁的,可以吮吸的月光

　　只剩下你

　　署名止正。接下来,周止正说,我来看看你。下周六。燕小秋忽然想起来,今天,周六,5月20日,是他们当年第一回见面的日子,在戏剧社。——没错,燕小秋翻了当年的日记。

　　固然,周止正不是一个喜欢按常规出牌的人。然而,凭什么?周止正他凭什么呢?

五

　　大冯的手机无人接听。也许是外面太吵,他听不见。大冯的手机铃声是一首时下正火的情歌,燕小秋让那个装模作样的男低音唱了两遍,第三遍开始的时候,她挂断了。

　　往常这个时候,都是大冯来哄她的。这些年,一直是这个样子。他给,她要。他们都习惯了。可是今天,究竟是怎么了?

　　大冯。十年了,她还是头一次看见大冯生气的样子。

　　下午的阳光在屋子里绽放,满眼辉煌。也不知道怎么回事,燕小秋最害怕的,便是这下午的阳光。热烈的,耀眼的,却是紧迫的,短暂的,一寸一寸,悄悄流逝,让人没来由地心头凄惘。

　　丢失什么,我们便捡到什么

获得什么,我们便付出什么

大冯的短信。这是大冯的话?

阳光照过来,把屋子弄得一半阴暗,一半明亮。燕小秋坐在阴影里,看着那一半屋子被金沙银粉渐渐埋没。窗子开着,喧嚣的市声漫漫扑来,有凉有热,有酸有甜,仿佛是烈日煌煌的晴天里,平白地落了一场疾雨。

雨过了,不知什么时候,灯火亮起来了。

无衣令

一

快过春节的时候,小让有点坐不住了。

北京的这个冬天格外冷。却没有雪。真是怪了。要在往常,一进冬天,雪就像春天的情书似的,一场又一场,把整个城市都给覆盖了。小区门口总有一些闲人,袖着手,穿得鼓鼓囊囊的,吸着鼻子,跺着脚,说说闲话,偶尔,仰脸看一看天色,说,这天。看这天干的。就有人搭腔了,听预报说,下周,怕是要有雪了?是商量的口气。有人嗤的一声,笑道,预报也敢信?如今的事,谁说得准?就都不说话了。

小让站在窗前,看着风把地上的枯叶吹起来,一扬一扬地,落在不远处的一个自行车筐里。一只麻雀在地上蹦来蹦去,倒是肥嘟嘟的,喊喊喊,喊喊喊,很是耐烦。这一个小区,都是二十世纪八十年代建的楼房,旧是旧了。树却多。大片的绿荫笼着,让人觉得安宁。当初,小让搬过来的时候,一眼就喜欢上了这里的树。房子不大,是一套小两居。老隋的意思是,先过渡一下。过渡嘛,肯定是简陋一些。小让嘟着嘴,不说好,也不说不好,只顾低头玩手机。老隋说,那什么,晚上,我们去喝老鸭汤,要不,先去新光天地?小让就不好再不说话了。小让知道,老隋这是讨好她。没办法,老隋会这个。小让觉得,老隋是那种会讨女人欢心的男人。这让小让喜欢之余,又有那么一点担心。

老隋并不算老,四十多岁。四十六?还是四十七?小让到底没有搞清楚。每一回问起来,老隋总是调侃,怎么,嫌我老了?要不就是自嘲,老喽,真老喽,奔五了都。小让就不好再问。管他!四十六,或者四十七,有什么区别呢?总之是,老隋比自己大。当然得比自己大。小让这个年纪的女人,二十八岁,按芳村的眼光,不年轻了。即便在偌大的北京城,也仿佛是一粒浮尘,茫然地飘来飘去,一眨眼的工夫,就被湮没了。有时候,从报社下班回来,走在喧闹的大街上,小让总是感觉特别地茫然。大街上那么多人,车,像潮水,一浪又一浪,是要流向哪里呢?

小让在一家报社做保洁。活儿倒是不累,从三楼到五楼,走廊,楼梯,卫生间,都是她的工作范围。不过是洒洒扫扫,和甄姐两个人,轮流值班,一周还有那么两天休息。小让对这份工作还算满意。

说起来,这份工作,还得感谢人家老隋。要不是老隋,小让做梦也想不到,自己还能够在这么堂皇的大楼里上班。刚来北京的时候,小让在一个老乡的小饭馆帮忙。饭馆的门面不大,专卖驴肉火烧。生意倒是十分火爆。小本薄利,只雇了一个人,就是小让。另外一个,是老板娘。忙碌起来,简直是四脚朝天,没有片刻的闲暇。有一回,小让给旁边小超市送外卖,一进门,同一个低头往外走的人撞了个满怀。驴肉火烧滚了一地,驴杂汤也碰翻了,淋淋沥沥洒得到处都是。小让一下子蒙了。那个人骂道,怎么走路,没长眼睛啊?小让一时气结,这人怎么不讲理?正要同他理论,那个人却笑了,说,真不好意思,你看这事——没烫伤吧?

小让是在后来才听老隋说,她生气的样子,真是可爱极了。这话小让听了有一些难为情,心里却是喜欢的。小让从来没有问过,老隋喜欢她什么,但小让知道,自己长得好看。在芳村的时候,小让就是让人眼馋心痒的小媳妇。为了这个,石宽的一颗心老是悬着,放不到肚子里。小让就逗他,干脆,你把我拴裤腰带上算了。石宽说,你当我不敢?

二

老隋第一回请小让吃饭,是在一家川菜馆。小让不能吃辣,一张脸红喷喷的,血滴子似的。嘴唇也是鲜艳的,眼睛里波光流转。老隋在对面都看得呆了。小让不停地举杯,大口喝啤酒。冰爽的啤酒,让她觉得痛快。来北京之前,小让没有沾过酒。喝酒从来都是男人们的事。芳村的女人们,有几个会喝酒呢?可是今天,她高兴。真的高兴。这么大一个馅饼,咣当一下砸自己头上了。说出去,谁会相信呢。老隋倒是不怎么喝。只是不停地给她夹菜,让她多吃些鱼。老隋说这家的湘水活鱼很地道,肉嫩,汤鲜,铁狮子坟附近,独此一家。小让看着老隋仔细地帮她择刺,把鱼肚子夹到她面前的小碟子里。老隋的手白皙肥厚,像女人。小让举起酒杯,说,谢谢。谢谢隋大哥。老隋把身子向后面靠一靠,呵呵笑,这话说得,见外了。小让说,隋大哥,你是我的贵人。老隋说,小让,看你,这么客气。小事一桩。小事一桩。

三

电话安静地趴在桌子上,没有一点动静,手机也一直静悄悄的。小让拿着一块抹布,不停地擦擦这,抹抹那。小让爱干净,用石宽的话,衣裳穿不破,倒让她给洗破了。阳光透过窗子照过来,像一个苍白的笑脸。暖气倒烧得还算好。可是小让只觉得屋子里清冷。原先,阳台是敞开式的,老隋请人做了一下改装,更严实了。小区里都是老北京居民,生活各方面都很方便。小区里有菜市场。周末的时候,小让经常买了新鲜蔬菜鱼肉,下厨给老隋做饭。老隋呢,对小让的厨艺总是赞不绝口。小让受了激励,菜做得越发好了。小让惊讶地发现,在做菜方面,自己是有天分的,怎么说呢,几乎是无师自通。每一回,老隋都吃得十分满意。也不知道是从什么时候开始,老隋就几乎不带她出去吃饭了。为什么要出去呢,家里有这样好的厨娘。还有,家里也方便。关起门来,就是一个安静温馨的小天地。老隋喜欢在饭后靠在沙发上,看着小让里里外外地忙碌。茶水早已经沏好了。老隋喜欢碧螺春。时不时地,老隋就拎过来几筒茶,都是礼品包装的上好茶。老隋是报社的二把手,大小也是一个副局,好酒好茶自然是少不了的。有时候,喝不过来,小让就自作主张了。给甄姐两筒,寄回老家两筒。老隋见了,也不在意,却说,这东西有什么好寄的,寄点钱,啊,多寄点。小让就有点不好意思了。老隋这个人,还是不错的。

楼下传来汽车的喇叭声。小让慌忙跑到阳台去看。不是老隋。老隋的车是一辆黑色奥迪。阳光照过来,把老槐树的影子印在窗子上,参差的枯枝,一笔一笔的,仿佛画在上面,很清晰。小让攥着手中的抹布,看得出了神。老隋在做什么呢?她想给老隋打电话,到底是忍住了。老隋跟她有过约定。老隋说,一般情况下,不要给他打电话。他会打给她。小让当时还开玩笑,说,那,二般情况呢?老隋看着她的小酒窝,忍不住在她的脸蛋上捏了一下,说,小傻瓜。

小让是在后来才知道,老隋有家室。老隋的老婆是大学老师,女儿上初中。有一回,小让在老隋的钱夹子里发现了一张照片,是他女儿的。小女孩生得清秀可人,不像老隋。想来,孩子的妈妈,模样应该也不错吧。

小让倒是没有拿了这张照片找老隋闹。在芳村,自己不是也有一个石宽吗?虽然,石宽的腿坏了,基本上就是一个废人。可石宽是她的男人,她是石宽的媳妇。她和石宽是两口子。这一条,能改变吗?石宽的腿是在工地上坏的。一块钢坯掉下来,砸断了。来北京打工,就是想多挣些钱,给石宽治腿。要不是遇上老隋,她怎么会有这样好的工作,又清闲,钱又多,比起在老乡的饭店里卖驴肉火烧,强多了。

小让把那张照片放好,一面洗衣服,一面劝自己。洗衣机訇訇响着,同客厅里电视的歌声交织在一起。厨房里炖着牛肉。阳台外,邻家的鸽子停在防护栏上,咕咕咕咕叫。有一种纷乱的家常的气息。老隋过来的时候,她早已经把自己劝开了。她让老隋洗干净手,帮她晾床单。老隋乐颠颠地去洗手,吹着不成调的口哨。

吃饭的时候,小让有些沉默。老隋照例是有说有笑,一点都没有注意到她的情绪。好在有电视。电视里,正在播着一个没头没脑的肥皂剧。男女主人公在吵架。女人的嘴巴像刀子,锋利得很,一刀一刀飞过去,把男人杀得只有招架之功,没有还手之力。小让端着碗,看得入了神。这个时候,老隋的手机响了。老隋犹豫了一下,踱到阳台上接电话。老隋的声音压得很低。小让张着耳朵听了听,一句也听不清。插了一段化妆品广告,一个明星信誓旦旦地说,你值得拥有。小让忽然感到莫名的烦躁。

老隋接完电话回到饭桌前的时候,电视里那一场战争早已经偃旗息鼓了。老隋说,单位的破事儿。烦。小让把饭菜从微波炉里端出来,没有说话。

饭后,照例是老隋的茶水时间。小让削水果。老隋一手端茶,另一只手从小让的胳下伸过来,揽住她的腰。小让没有像往常那样,把身子依偎过去。她低着头,认真地削苹果。长长的果皮从刀尖上吐出来,蜿蜒起伏,一跳一跳的,像舞蹈,甜美而湿润。老隋的手跃跃欲试,看样子打算有些作为。小让两只手给苹果占着,只好用胳膊肘做些抵抗。怎么说呢,老隋那天有些急躁,平日里,大多数时候,老隋是镇定的。也或者是,小让的抵抗让他感到新鲜。小让从来都是温顺的。老隋喜欢温顺的小让。可是那一天,老隋喜欢抵抗的小让。老隋一把将小让抱起来,把她横在沙发上。小让手中的水果刀当啷啷掉在地上,削了一半的苹果,在地板上骨碌碌滚动。小让忽然起了满腔的怒火。后来,老隋不止一次回味起那一个夜晚,那一场沙发上的战争。老隋提起来的时候,神情惬意,口中啧啧有声。小让不理他。脸却飞红了。也不知道怎么回事,那一回,她简直是疯了。

床头的闹钟克叮克叮响着。湿抹布攥在手里,冰凉。梳妆台上卧着一只小白兔,红裤绿袄,笑容满面,是老隋送她的。今年是兔年。老隋说,让这只小白兔给她带来好运。小让冲着那只兔子发了会子呆,不知为什么,总觉得它笑得有点高深莫测。小让把兔子来了个向后转,让它那短尾巴的屁股掉过来。手机突然响了,把小让吓了一跳。是石宽。

　　石宽在短信里问她,票买上没有,几时回去。石宽说家里都忙得差不多了。扫了屋,挂了彩,糕也蒸了,肉也煮了,豆腐也做了,单等着她回去过个团圆年呢。小让不喜欢石宽这样噜里噜苏的短信。大男人,婆婆妈妈的。原先的石宽可不是这样。原先的石宽当过兵,念过高中,人生得也排场,在芳村,算是体面的小伙子。勤快,能干,对小让呢,也知道体贴。石宽没有在短信里说想她。可是小让怎么不知道,石宽恨不能给她插上翅膀,让她立刻飞回芳村,飞到他的炕上,飞到他的怀里。有时候,石宽这个人,怎么说呢,简直是!小让想起石宽那个死样子,心里恨恨的,轻轻骂了一句,飞红了脸。小让没有立刻给石宽回短信。回家的事,还没有定下来。

　　隔壁传来油锅爆炒的声音。老房子就是这一条,隔音不好。小让看了一眼闹表,十一点十分。隔壁的这位老太太,一日三餐都特别准时。老太太生得矮胖,人倒富态,有北京老太太典型的热情,在门口碰上了,总会停下来,搭讪两句。她问小让老家哪里,多大,在哪上班,这房子,一个月多少租金。小让都一一回答了,心里却不舒服。她没有说自己做保洁。只是说,在报社。她总觉得,老太太问话的口气,神情,话里话外,有一种掩饰不住的优越,还有狐疑,这让她感到难受。老太太一定是见过老隋了,而且,也一定猜测过她和老隋之间的关系。怎么说呢,老隋长得还算面嫩,只是秃了顶,看上去便显得有年纪了。不过,老隋的风度好。男人总是这样,成熟加上自信,风度便出来了。还有老隋那辆崭新的奥迪,在这个老旧的小区,还是很显眼的。怎么说呢,老北京人,也不过是萝卜白菜地过日子。钻在鸽子笼似的楼房里,远不如乡下的高房子大院,又敞亮,又开阔。报社附近的胡同里,小让是经常去的。那些胡同深处的平房,传说中的老北京四合院,竟然是那么局促破旧。当年的朱门大户,如今早已经被许多人家瓜分了,围起简单的篱笆,各自为政。小让从敞开的门缝里,看到过那些锅碗瓢盆,鸡零狗碎,铁丝上晾着花被子,门楣上垂下来一辫紫皮大蒜,老石榴树下晒着一小摊绿豆。偶尔,有一个老太太出来,穿着家常的肥大背心,端着半盆淘米水,怀疑地看着门外的路人。谁会相信呢,这是在北京。过两条马路,就可以看见中南海。有时候,小让不免想,在这些老北京人眼里,祖祖辈辈住在皇城根儿,天子脚下,大约也都见惯不惊了吧。平民百姓,在哪里不是过日子?可是,为什么就有那么多人热爱北京呢,想留在北京,誓死不走。比方说,卖驴肉火烧的老乡。比方说,小让自己。不懂。真的不懂。

四

太阳挂在半空中,淡淡的,把人的影子投在地上,有点恍惚。空气里流荡着炖排骨的香气,高压锅吱吱响着,一阵疾,一阵徐。谁家的电视机正在唱京戏,是老生,铿锵亮烈。有小孩子的尖叫,夹杂着生涩的风琴声。是个周末。小让似乎从来没有发现,小区里的周末这么热闹。这个时候,老隋在做什么呢?扎着围裙在厨房里做菜?老隋似乎说过,在家里,他很少进厨房。他老婆是个贤妻良母,他自己从来都是衣来伸手饭来张口的。那么,他一定是在辅导女儿功课了。或者,他们一家三口正坐在热腾腾的桌前,共进午餐?小让掏出手机,按了重拨键。无人接听。还是无人接听。老隋从来不这样。当然了,小让也从来不这样。小让从来不主动给老隋电话,短信也很少。小让懂事。小让还知道,老隋顶喜欢的,除容貌之外,就是她的懂事。小让从来不问老隋家里的事,老隋的老婆,老隋的女儿,她从来不问。倒是老隋,偶尔提起来,说上一两句。老隋的手机,小让也从来不看。有时候,老隋洗澡,或者在卫生间,小让宁愿让手机在茶几上响个不停,也绝不会拿起来代老隋接了。老隋也抱怨,说她不管事,说她不贴心贴肺。小让也不分辩。她怎么不知道,老隋的抱怨中,只有一分是认真,余下的那九分,便尽是男人的撒娇了。

怎么说呢,老隋这个人,顶会撒娇。男人撒起娇来,像小孩子,又娇横,又软弱,那种赖皮样子,最能够激起女人汹涌澎湃的母性了。当然,老隋在单位的派头,小让是见过的。走到哪里,都是一群人簇拥着,众星捧月,一口一个隋总,那份恭敬谦卑,自不必说了。还有那些女编辑女记者,平日里像骄傲的孔雀,在老隋面前,都争先恐后地把屏打开,展示着美丽的羽毛。老隋脸上淡淡的,心里却不知道有多么受用。有一回,小让在走廊里擦地,就亲见记者部那个漂亮的女名记跟在老隋后面,替他把外套的衣领整理好,那神态,那举止,不像是部下,倒像是温柔贤惠的妻子了。老隋呢,也并不停下来,一脸的风平浪静,只顾昂首朝前走。小让就借故躲开,到开水间旁边的休息室里去。走廊里传来老隋爽朗的笑声,小让心不在焉地擦手,心里却是有些得意。老隋在外面再怎么叱咤风云,在她小让面前,也是一只温柔的老虎,懒洋洋地闭了眼,任她抚弄。凭什么呢?小让问自己。夜里睡不着的时候,悄悄地问,一遍一遍地问。小让怎么不知道,老隋喜欢她,是真的喜欢。老隋在她面前,可就不是人前那个老隋了。百炼钢成绕指柔,就是这个意思吧。有时候,小让就不免想,在家里,在他的老婆孩子面前,老隋会是什么样子呢?

从地铁里出来,小让站在十字路口,看着来来往往的人群,有点茫然。太阳明明就在天上挂着,却是十分地冷。风不大,像小刀子,一下一下,割人的脸。她也不知道是怎么一回事,竟然就跑到了这里。马路对面,那一片咖啡色和奶黄色交错的住宅楼,便是老隋的家。小让很记得,有一回,老隋开车带她经过这个十字路口,正是红灯。老隋顺手一指,说,那儿,看见了吧,我就住那儿。小让不说话。没说看见,也没说没看见。可是小让却暗暗记下了。她还记下了地铁口。A 口。在北京这几年,小让最熟悉的,怕就是地铁了。真是神奇。人在地底下来来去去,穿越整个城市,说出来,芳村的人,谁会相信呢?小让上班,下班,购物,出去见老乡,都是坐地铁。有时候,小让也不免担心,担心北京城被那些纵横交错的轨道掏空了,忽然间陷落。小让常常站在车厢里,看着巨大的广告牌飞速地掠过,一面这样担心,一面笑自己。

走到小区门口的时候,小让才发现,自己是被眼睛欺骗了。看上去并不远的路程,却走了足足有二十分钟。靴子是新的,鞋跟又高,走起路来,更是格外艰难一些。她也不明白,自己怎么就穿了这么高跟的靴子,还有,今天,她把那件羽绒服换下来,穿上新买的大衣。羊毛大衣是老隋买的,酒红色,带着毛茸茸的兔毛领子。看上去像一团火,可这个时节,穿在身上,哪里比得上羽绒服?小让把两只手拢在嘴上,哈着热气,一面看着眼前的小区。黑色雕花铁艺大门,气势很大。不停地有人进进出出。还有私家车,嘀嘀地鸣着喇叭,出来,或者进去。那个高大的保安,很有礼貌地冲人们点头微笑,训练有素的样子。小区门口,已经挂上了大红的灯笼,还有彩旗,沿着甬道两旁,一路招展下去。是过年的意思了。小让远远地站在门口,感觉脚被硌得生疼。这双皮靴,精致倒是精致的,却有着新鞋子的通病,夹脚。冻得麻木的一双脚搁在里面,简直无异于一种刑罚。小让交替着把脚跺一跺,细细的高跟和水磨石地的摩擦声,让人止不住牙根发酸。这便是老隋的家了。那一扇铁门,不知道老隋已经走过多少回了。还有那一个保安,侧面看去,微微有点鹰钩鼻,想必也是熟悉得很吧。风吹起来,那两只大红灯笼在午后的阳光中一曳一曳。还有那些彩旗,快乐地飘扬着。小让站在风里,鼻子被吹得酸酸的,脸蛋子冻得生疼。也不知道怎么回事,鬼使神差一般,就大老远跑到这里来了。自己这是来做什么呢?来找老隋?怎么可能。她甚至不知道老隋住哪一栋楼。老隋的手机一直都打不通。从昨天晚上起,就一直打不通。短信也不回。老隋从来没有这样过。这个老隋,不会出了什么事吧?

怎么说呢,其实,最开始的时候,对老隋,小让并没有太多的想法。只是觉得,老隋人还不错,也懂得疼人。同石宽比起来,简直是两个世界的人。老隋说话的时候声音很低,轻轻的,像耳语,温柔得都让人不好意思了。不像石宽。也不单单是石宽。芳村的男人们,个个粗声大气的,即便是再柔软的话,一到他们口中,便也显得硬邦邦的,有些硌人了。老隋人温和,又有学问,言谈举止,有那么一股子书卷气。小让虽然念书不多,却是顶景仰有学问的人。后来,老隋帮她找了工作。她的一颗心,才真的渐渐安定下来。还能怎样呢?一个人在北京,孤零零的,有一个老隋这样的男人依靠,也算是自己好命吧。那一回喝多了酒,就是在川菜馆那一回。她是真的喝多了。她高兴。老隋许诺她,先委屈一些,做做保洁,等过一阵子,有机会把她弄到资料室。资料室事情不多,薪水呢,就跟那些没有进京指标的大学生一样,是聘用,也算是坐办公室了。报社里年度竞聘的时候,他会把这件事认真操作一下。老隋说,你这样一个娇嫩的小人儿,怎么可以老是跟拖把打交道呢。小让半信半疑,行吗?我一个临时工。老隋说,行。有什么不行?老隋说,我是老总,有什么事情不行。小让真喜欢老隋这个时候的神情,有点跋扈,有点强悍,有点不容置疑。老隋说这话的时候,一只手揽住了她的腰。小让只挣扎了一下,就由他去了。

所有这些,小让都不曾跟石宽提起过。石宽的脾气,小让是知道的。石宽这个人,脸皮儿薄,耳根子软,又顶爱面子。自从腿坏了以后,脾气也渐渐变得坏了。倒都是小让,处处做小伏低,赔着一千个小心,为了不让他摔碟子砸碗。有时候,看着石宽拖着高大的身坯,在自家院子里蹒跚着走来走去,小让就难受得不行。一个硬铮铮的汉子,生生给拘在家里了。也难怪他脾气大,他是觉得憋屈。也许,慢慢就好了。天长日久,上些年纪,脾性就慢慢地磨平了。还有一点,两个人没有孩子。这让石宽更是放心不下。芳村人的话,过日子过日子,过的是什么?是儿女。没有儿女,过的还是什么日子!没有儿女的一家人,算是一家人吗?芳村人,大多是早婚早育。跟石宽年纪相当的,都是儿女成行了。两个人偷偷到医院看过。看过之后,石宽就蔫了。问题出在石宽身上。小让不说话,只是长舒了一口气。总算是,再不用喝那些苦药汤了。还有,婆婆的脸色,也再不用看了。婆婆心眼倒不坏。年轻守寡,苦巴巴地拉扯了独养儿子,到头来却落了个空。石宽出事以后,脾气变得更加暴烈了。倒仿佛是,小让欠了他的。贫贱夫妻百事哀。这话真是对极。小让再想不到,她和石宽的日子,会变成这个样子。想当初,他们也是甜蜜过的。是芳村让人眼红的一对儿。可是,这世间的事,谁会料得到呢?

刚来北京的时候,小让和石宽的短信,都是长长的,一篇又一篇,没完没了。小让告诉石宽,北京有多大。北京的楼有多高,北京的大街上,有多少人和车。北京的地铁,在地下四通八达,一顿饭的工夫,就能穿越半个北京城。小让在短信里用了很多感叹号。石宽最常用的一句话是,真的吗?小让最常用的一个词是,真的。小让还在短信里给石宽讲驴肉火烧店里的种种趣事。那个开店的老乡,石宽是认识的。两个人的短信里,因此更多了共同的话题。可是后来,后来小让认识了老隋,小让离开了驴肉火烧店,小让在外面租了房子,小让去了报社。这些,小让就没有再告诉石宽。短信呢,是照常有。可是却越来越短了。

一眨眼,在北京已经有两年多了。北京的一切,小让已经渐渐习惯了。想起当初的大惊小怪,小让有一点不好意思。现在,小让也是在北京的大楼里上班的人了。或许,要不了多久,小让还会调到资料室,跟那些神气活现的女编辑女记者一样,坐办公室了。这些,石宽怎么会相信呢?不要说石宽,就是她自己,有时候想起来,也总觉得仿佛是一场梦。掐一掐自己的胳膊,却是疼的,才知道,这的确是真的了。

北京的冬天,像是笼了一层薄薄的雾霭,灰蒙蒙一片。树木的枝干也是嶙峋的,映了淡灰的天空,也别有一番味道。太阳明亮,却一点都不耀眼。住宅楼旁边,是一家咖啡馆。很现代的装潢,设计也特别,是一只咖啡杯的形状,有点夸张,却趣味盎然。透过明亮的落地窗,可以看见里面的情形。身穿咖色滚粉边工装的服务生,盛开着职业化的微笑,静静地侍立着。这个小区的环境不错,周边设施也齐全。想必,该是价格不菲吧。老隋是一个懂得享受生活的人,这家咖啡馆,还有旁边的书吧,饭店,都应该有老隋无数的脚印吧。老隋是和谁一起呢?当然不是和小让。和朋友?或者,和家人?通常,老隋什么时候出来消遣呢?老隋生活的另一面,对于小让来说,像冰块隐藏在水下的部分,她看不到。她所看到的老隋,只是在那间出租屋里。或者,在报社的走廊,惊鸿一瞥,总是浮光掠影的。小让忽然觉得,老隋这个男人,好了这么久,怎么竟像是陌生人一般,让人捉摸不定。老隋的生活,难道真的如他所描述的,一塌糊涂吗?不,老隋从来没有这样描述过。甚至,老隋对自己的生活,几乎没有过任何评价,更不用谈负面评价。老隋对自己的现状,从来没有说过半个不字。那么,一切都是出自小让的想象了。小让看着那大红的灯笼在风中摇曳,红得真是好看。明黄的流苏,动荡飘摇,有些凌乱。小让的一颗心也被风吹得乱糟糟的,一时收拾不起。

有汽车在后面摁喇叭,连续地,持久地,一口气摁个不停,是不耐烦的意思。小让方才省过来,慌忙躲到一旁。定睛看时,一颗心别别地跳了起来。奥迪A6,车牌号也熟悉,分明是老隋。车在大门口稍稍停滞了一下,便箭一般驶向小区的深处,只留下淡淡的汽油味,在寒冽的空气中渐渐消散。

看开车的气势,应该是老隋。车里坐着谁呢?莫非老隋一家,这是外出刚回来?看来,老隋的心情不错。当然了,也或许,正好相反。难道老隋竟没有认出是她?老隋为什么不接电话呢?如果不是故意,那么就是他不方便了。至少,短信应该回一个吧。小让算了算,一共给他发过九条短信。老隋他,究竟是怎么回事呢?

那一回,也就是上一周,周末。吃晚饭的时候,老隋喝完汤,说起了竞聘的事。老隋的意思,是想让小让进资料室。可是,资料室聘人,也是对学历有要求的。只这一条,就把小让排除在外了。老隋说,每年年底,报社总是会经历一场大乱。竞聘是自上而下,关系到方方面面,牵一发而动全身,也难怪大家都人心惶惶。小让听了不免有些担忧。说,老隋,你——不会……老隋愣了一下,就哈哈大笑起来。我不会什么?你担心什么?你这个小傻瓜——老隋点上一支烟,深深吸了一口,又缓缓吐出来,说,这帮兔崽子,都不是省油的灯。小让有些紧张,他们,要害你?老隋又深深吸了一口烟,看着灰白的烟雾在眼前慢慢缭绕,消散,说,他们也敢!借给他们八个胆子。小让看着老隋的脸,在烟雾中忽隐忽现。那,学历——老隋说,别急。办法总比困难多。老隋问她怎么打算,过年?小让没有回答。汤有些淡了,没有滋味。小让埋头喝汤。只听老隋说,那什么,我得回一趟浙江。哦,是她老家。老爷子病了。小让说嗯。老隋说,我都好几年没回去了。小让说嗯。老隋说你呢?你什么时候回?

小让一面洗碗,一面留意着电热壶的动静。水是温水。老隋在厨房里也装了一个小热水器,专门洗碗洗菜的。有热水真好啊。小让想起乡下,在芳村的时候,冬天,水瓮里都结了冰。洗碗洗菜,都是冷水,带着冰碴子,冷得刺骨。小让的一双手,冻得红通通的,简直就是胡萝卜。人这东西,真是,有享不了的福,没有受不了的罪。温热的水流奔涌出来,泼剌剌的,十分受用。她提了电热壶,到客厅里沏茶。老隋正把烟蒂摁到烟灰缸里,一面摁,一面说,你把时间定下来,我找人给你弄票。小让说嗯。一面仔细地烫茶杯,老隋的手机又响了。老隋看了看手机,又看了一眼小让。小让不理会,依然专注地烫茶杯。老隋便把身子往后一靠,冲着手机说,喂?哦,我在外面呢,噢,谈点事。小让起身到阳台上拿水果。

窗外黑黢黢的,是冬天的夜。透过窗帘,有灯光流泻出来,是寒夜中温柔的眼睛。老隋的声音一声高一声低,从客厅里传过来。小让听出来了,是家里的电话。老隋在跟他老婆商量回老家的事。风吹过树梢,发出呜呜的声响。窗棂上,有什么东西被挂住了,一掀一掀的,映在窗子上,像欲说还休的嘴唇。阳台上到底是冷的。小让觉得身上凉飕飕的,仿佛抱了一块冰。

回到客厅的时候,老隋的电话还在继续,看见小让进来,说,先这样,等回去再细说——好了,好了,先这样,正谈事呢这——小让低头削水果。老隋凑过来,说,这苹果不错,还有吗?回来再让他们搞两箱。小让不说话。老隋把手伸过来,替她接着弯弯曲曲的苹果皮。老隋说,苹果是好东西,得多吃。老隋说,我这心脏就多亏了苹果,一天一个,特别管用。老隋说,那什么,票的事,你别急。你定好了时间,我就让他们给你买。老隋说,怎么了,问你话呢——怎么了嘛这是——小让把水果刀一扔,忽然就爆发了,怎么了?没怎么!不就是想让我赶快滚回老家吗?我回老家!你好安心过你的团圆年!

积水潭桥下一片混乱。来来往往的人,还有车,潮水一般,在这里会合,然后分流,流向北京的四面八方。小河上结着厚厚的冰。有小孩子穿着鼓鼓囊囊的羽绒服,在河边小心翼翼地试探。大人立在一旁,很紧张地叮嘱着,不时地喊两声。小让慢慢往回走。这一回,老隋怕是真的生气了。她也不知道自己是怎么回事,发了那么大的脾气。当初遇上老隋的时候,她从来就没有想过,要和老隋如何如何。可是,事情怎么会变成这个样子了呢?即便是后来,和老隋好了之后,小让也从来没有对未来有过任何野心。有时候,跟老隋缠绵的时候,小让也会问,喜欢我吗?愿意娶我吗?老隋总是气喘吁吁地说,愿意,当然愿意。小让怎么不知道,有些话,老隋不过是说说罢了。尤其是,床帏之间的甜言蜜语,更是作不得真。老隋这个年纪的男人,什么没有经历过?可是,那一回,自己怎么就没有忍住呢?说起来,老隋在她面前跟家里通话,也应该是习以为常的事了。通常是,她乖巧地躲开,等老隋过意不去了,会扔下手机来哄她。那之后的下午,或者晚上,老隋都会软下身段,极尽温柔谄媚之能事。老隋虽然嘴上不说,小让怎么不知道,老隋这是向她赔礼呢。禁不住他再三再四的央告,也就慢慢开颜了。然而那一回,究竟是怎么一回事呢?门在老隋背后碰上的时候,发出轻微的声响。小让却是浑身一凛。在那一个冬夜,那声音仿佛一声炸雷,令她顿时怔住了。

五

石宽的短信发过来的时候,小让正忙着搞卫生。年底了,单位要比平时杂乱一些,各个处室都在清理废品。报社,有的是报纸,各种各样的旧报纸,废弃了的报纸大样小样,稿件,成堆的废稿件。那两个收废品的人兴头头地忙进忙出,一头热汗,却是乐颠颠的,见谁冲谁笑。走廊里零零落落的,难免有一些废纸落下,小让就跟在他们后面收拾。手机在口袋里震动,小让就偷个空儿,到一旁看短信。

走廊的拐角处,三层和四层之间,是一盆肥硕的巴西木,枝叶招展,映着雪白的墙壁,十分葱茏。小让看四周无人,便把那些短信翻出来。石宽在短信里问,快过年了,她什么时候回家。还有,这两天的一些琐事,他也都一一汇报给她。比方说,大舅家娶媳妇,是亲戚,绸缎被面之外,还有礼钱。斗子他爹七十大寿,斗子是村主任,整个芳村的人家都随了礼,他们自然也不能落后。还有,彪三回来了,又招人呢,要是有看门的差事,他想去求人家给了他。当然了,求人也不是好张口的,总不能空着手……巴西木肥厚的叶子映在窗子上,静静地绿着。小让感到有一个人影一闪,她吓了一跳却是甄姐。甄姐问她怎么了。小让赶忙把手机装进衣兜里,说,没事。那什么,收废品的那边,你甭管了。甄姐说,我都收拾利落了,他们今天死活也收不完,先走了,说明天再来。甄姐问,没事吧,看你的脸色不太好。小让说,没事,昨天看一个电视剧,搞得晚了。说着和甄姐一块上楼。甄姐看着她,想要说什么,却什么都没有说。

甄姐是北京人,早年在服装厂,后来下了岗,到报社来做保洁了。怎么说呢,甄姐这个人,倒是极热心,老北京人那种特有的热心。又正是四十多岁,更年期,有点话痨。当然了,小让当然能够感受得到,甄姐的热心里隐藏着的那种居高临下的优越感。甄姐说话快,一口一个外地人,是正宗的京腔儿。说好好的北京,都让外地人给搞乱了;说外地人皮实,什么活人都肯干;说要是没有那么多外地人,北京房价怎么会这么高?虽然甄姐很快就会补充说,我可不是说你啊,小让。你别往心里去。小让嘴上说没事,可是心里却还是不太舒服。听多了,就自己劝自己,本来就是外地人嘛,还能不让人家说。甄姐老公是出租车司机,偶尔顺路,也会过来接她回家。甄姐总是说,我倒宁愿坐地铁——北京这交通,真的没治了。小让看着她那神情,心里暗笑。至于吗,都这么大个人了。有时候,小让在心中猜测,她和老隋之间的关系,甄姐应该不会想得到吧?甄姐倒是不止一回问过她,北京有没有亲戚?什么亲戚?亲戚干什么的?小让明白,她是不相信,或者说不甘心——凭什么小让一个乡下人进京城,居然能找到跟她甄素芳一样的工作?这是她的北京!刚开始的时候,小让说没有,后来,被盘问得多了,她有点恼火,索性就逗逗她。小让说,亲戚啊,倒没有。认真算起来,应该是朋友。甄姐说,朋友?小让说,是啊,朋友。小让当然懂得甄姐的言外之意,一个乡下人,在北京还有朋友?小让故意含糊其词,这个朋友呢,也算是个人物。心肠好,又仁义。甄姐的好奇心就被逗起来了,闲下来说话,总要有意无意地问候小让的朋友。甄姐人胖,身材已经走了形,眉眼却是耐看的。想当年,大约也是一个美人。像所有这个年纪的女人一样,甄姐喜欢回顾往事,当然是青春时代的往事。甄姐最常说的一个词,便是"想当年"。想当年,甄姐是阀门厂的厂花,被众星捧月般地捧着。那是她的全盛时期。甄姐还会絮絮地说起自己的婚姻:年纪轻,不懂事,竟然以为爱情是可以拿来当饭吃的。不管不顾地嫁了,哪里料得到,两个人双双下岗,日子会有这么煎熬。这世上什么都有,就是没有后悔药。当初如果稍微清醒一点,怎么会落到现在这种境地。

这一番话,小让听得多了。看甄姐的神情,是感叹自己的沦落。和一个乡下来的女人一起做保洁,恐怕让她更有一种落魄之后的感慨吧。如果,如果甄姐知道了她同老隋的关系,她会怎么想?那一回,她接过小让送给她的茶叶,仔细研究了一番,称赞道,好茶啊,好茶!小让怎么不知道,她的潜台词是,你怎么会有这样的好茶?

临近中午,走廊里渐渐热闹起来。报社的自助餐厅在顶层。人们都张罗着吃饭了。服务人员的饭是单开的,吃得早。小让拿了一块抹布,心不在焉地擦拭洗手盆。不断有人过来洗手,说说笑笑的,享受午餐前的放松和愉悦。洗手盆前面的墙上是一面巨大的镜子。来洗手的女人们,都情不自禁地在镜子面前流连片刻,整理整理头发,检查脸上的妆是不是需要修补,在镜子面前旋身一转,左右顾盼。小让闻到一股淡淡的香气,脂粉夹杂着香水,很好闻。老隋也送过她香水,小巧的一瓶,价格竟是惊人的。上班的时候,小让从来不用。一个做保洁的,身上香喷喷的,让人家笑话。只是跟老隋在一起的时候,小让才仔细用上一点。老隋喜欢这种香味。老隋喜欢就好。想起老隋,小让心里黯淡了一下。到底是怎么回事呢?老隋一直没有消息。本来想,今天上班,说不定会碰上老隋。可是到现在,她也没有见到老隋的影子。她在老隋办公室外面徘徊了半天,装着擦地的样子。老隋办公室紧闭着,也不见有人进出,看样子,好像是不在。又不好张口问人。再怎么,一个做保洁的临时工,跟报社的老总,都是不相干的。有人同她笑一笑,算是打招呼。小让赶忙回人家一个笑脸,嘴里说,吃饭啊。对于这一份友好,小让是感激的。她总是力所能及地,把人家这一份善意回报过去。比方说,看见人家提着热水瓶过来打水,却空着手回去,知道这是水还没有烧开,便替人家留了心。等水烧开了,替人家灌满。比方说,有人吃饭不小心弄脏了衣服,在洗手盆旁边束手无策的时候,她总是把自己的肥皂拿出来,给人家用。时间长了,大家都喜欢这个俊眉俊眼的保洁工。人长得好看,又热心。就有人同她闲聊两句,问她老家哪里,多大了,有没有男朋友。小让听出来了,这是人家要帮她介绍对象,就红了脸,说了实话。听的人嘴里就连着哦哦两声,是惋惜的意思。小让的脸更红了。她这个年纪,在北京,有多少人还没有朋友呢。哪里像她,早早地把自己嫁了出去。好好的人也就罢了,偏偏遇上了事。这不是命,是什么呢?想起石宽那些婆婆妈妈的短信,小让心里就烦得紧。想来,娘的话自有她的道理。嫁汉嫁汉,穿衣吃饭。如今可好,倒是得小让背井离乡的,撑起这个家。小让怎么不知道,娘是心疼闺女。天底下,哪一个做娘的,不心疼自己的闺女呢?

整个午休时间,小让一直心神不宁。往常,老隋喜欢在午休的时候给她发短信。老隋在短信里问她吃饭了吗,做什么呢,想不想他?小让喜欢这样的短信。在北京,在报社,还有哪一个人像老隋这样牵挂她?也有时候,老隋的短信是另外一种,缠绵热烈,都是让人脸红心跳的句子。小让看一眼,便慌忙删掉了。这个老隋,该死!怎么说呢,老隋这个人,到底是念过很多书的。知情识趣,又温柔体贴,对小让,简直是贪恋得不行。倒是小让,常常软言劝慰着,像哄小孩子。私心里,小让也会忍不住想起石宽。心里便暗骂自己的坏,狠狠地骂。这个时候,她总是主动发短信给石宽。石宽的短信照例是那些鸡零狗碎的琐事,一个意思,左右离不开钱。小让也总是十分耐心地一一回复。手指头在手机键盘上飞快地摁着,摁着。摁着摁着,心里就起了一重薄薄的怨气,身上也躁起来,热辣辣地冒出了一层细汗。石宽的短信不断地发过来。小让看着那一堆鸡毛蒜皮,心里只觉得委屈得不行。当年的那个石宽呢,到哪里去了?

下午,报社里很热闹。甄姐打听来的消息,是在发年货。甄姐抱怨一社两制,正式工和临时工,一个亲生,一个后养,悬殊得太厉害。小让嗯嗯啊啊地敷衍着,有点心不在焉。老隋办公室的门依然紧闭着,门把手上塞满了报纸大样小样。看来,老隋这是真的不在。走廊里人来人往,大家都喜气洋洋的,有点过年的意思了。外面兵荒马乱,她们正好可以偷闲缓口气。甄姐正在涂护手霜,局促的空间里溢满了略带甜味的香气。甄姐说,刚才听见几个编辑聊天,有意思。小让说噢。甄姐说,知人知面不知心。小让说嗯。小让知道,甄姐这是有话要说。而且,她似乎在等着小让兴致勃勃地发问。小让却没有问。热水器发出轻微的声响,让人想起冬天炉子上坐着的水壶。温暖,家常,有一种没来由的安宁妥帖。甄姐把声音压低,说,桃花眼,就是财务室那个出纳——你猜跟谁？小让说，这哪猜得出。跟谁？甄姐把手拢在嘴上，附在她耳朵边说，隋总。小让的一颗心别别跳起来。这话可不敢乱说。谁敢乱说？甄姐说都让人给亲眼看见了。我早就说过，那个桃花眼，一看就不是安分的。还有那个隋总——看上去倒还正派——男人真是，没有不偷腥的猫。

六

　　冬天的黄昏，总是来得早。暮霭越积越浓，仿佛怕冷的人，在冷风中微微颤抖。远远近近，有灯火次第亮起来，一闪一闪，是夜的眼神。从过街天桥上看下去，车流和人流，汇成一条璀璨的河，在北京的冬夜奔涌，浩浩荡荡。小让在天桥上慢慢走过。冷风吹过来，一点一点把她吹彻。过道两旁挤满了小摊贩，扯开嗓子，不屈不挠地向路人招揽生意。卖水果的，卖手套袜子的，卖碟片的，手机专业贴膜的，还有烤红薯的。行人们大都匆匆而过，像是躲避瘟神。也偶尔有人停下来，狐疑地看一眼那一地的零零碎碎，带着挑剔的神情。这就是北京的夜了。缤纷的，杂色的，斑驳的，仿佛是一个画板，谁都可以在上面涂抹几笔。只要你愿意。

　　路边有一家牛肉面馆。小让进去，拣了个暖和的位置坐下来。一个女孩子赶忙过来招呼，满脸都是小心翼翼的微笑。这女孩子二十来岁，模样倒算得上清秀。神情却是局促生涩的，一看便知道是乡下来的孩子。小让想起了当初,在驴肉火烧店的日子。那时候,她刚来北京。这一晃,都两年多了。也不知道,老乡的生意现在怎么样了。还有那老板娘。当初小让离开的时候,她简直羡慕得很。一迭声地哎呀呀,哎呀呀,说,小让,哎呀小让,你怕是遇上贵人了。想来,那老板娘该不是看出了什么端倪了吧?当时,小让只是笑。也不便多说。弄不好,经她的嘴巴传出去,等传到千里万里的芳村,传到石宽的耳朵里,不知道会传成什么样子了。后来,一直到现在,小让一直没有跟他们联系。小让不是薄情。她到底是心虚。在偌大的北京,这两位老乡之外,剩下的人,全是不相干的。他们知道她什么?她是好是坏,是冷是暖,说到底,跟旁的人有什么关系?在人前,小让倒很愿意伪装一下,装一装大尾巴狼。就像刚才。小让进到这面馆里来,干净,体面,矜持,甚至有那么一点小小的傲慢。有谁能够猜出这个漂亮女人的来路呢?小让很斯文地吃面,一小口一小口,吃得很仔细。不断地有客人进来,夹裹着一股股冷气。那个女孩子跑前跑后,有些手忙脚乱了。一个胖女人立在柜台后面,冬瓜脸,口红鲜艳,看样子,应该是老板娘,目光像刀子,一下一下地剁在那个女孩子身上。吃完面,小让结账。那女孩子慌忙跑过来,伸手接钱的时候,却不小心碰翻了桌上的调料盒,红红绿绿地散了一地。女孩子吓呆了。老板娘走过来,刚要发作,小让摆了摆手,不关她的事。我赔。

回到家,小让洗澡。洗了一半的时候,仿佛听见电话响。小让赶忙把水关了。果然是电话。这个座机号码,几乎没有人知道。除了房东,也就是老隋了。石宽也不知道。小让担心石宽会不管不顾地把电话打进来,尤其是老隋在的时候。电话很执着,一直响个不停。小让匆忙洗好,跑出去接的时候,电话却不响了。来电显示是一个陌生的号码。小让看着那号码发了一会子呆。头发湿淋淋的,水珠子淋淋沥沥滴下来,把睡衣的前襟濡湿了一片。该不会是老隋吧？直到现在,她才忽然发现,跟老隋这么久,她竟然一点也不了解这个男人。她所认识的那个老隋,温柔、随和、体贴、善解人意,有时候,在她面前,有那么一点孩子气的赖皮和霸道。曾经,她对他是那么熟悉。可是,现在,她却觉得他竟像一个陌生人了。甄姐的话,也不知道是真是假。要是在以前,她听了这话,一定要找到老隋,当面问他,跟他使性子,闹脾气,撒娇,弄得他束手无措,只好软下身段百般哄她。虽然,她并不敢奢望,老隋会喜欢她一辈子。她也从来不敢奢望,老隋会离了婚娶她。可是,她是女人。她像天下所有的女人一样,喜欢吃醋。然而现在,她却忽然没有这样的好兴致了。这真是莫名其妙。老隋跟她忽然玩起了失踪,大约不过两个原因：他烦了。或者是,他认真了。小让回想起他们最后一次在一起的情景,每一个细节,每一个句话。难不成,老隋是想把这次吵架作为借口,趁机分手？或者是,老隋对她的吃醋认了真,他想把这个问题解决一下？不像。都不像。烦了,倒是有可能。认真是绝不会的。他怎么会认真呢。老隋这样年纪的男人,还有什么看不透?

睡觉前,小让做了面膜,歪在床头给石宽回短信。电话忽然响了,把她吓了一跳。是老隋。老隋的声音听上去有点含混,仿佛是喝多了酒。小让,我马上到楼下了。小让握着听筒,没有吭声。老隋说,小让,我没带钥匙。一会给我开门。小让不说话。小让,有话,有话见面说——

屋子里烟雾弥漫。老隋坐在沙发上,一支接一支地抽烟。小让几次被呛得要咳嗽出来,却都忍住了。老隋显然喝了酒,涨红着脸,舌头发硬,说起话来,有点语无伦次。可小让却还是听明白了,老隋是在向她诉苦。老隋老婆觉察到了他们的事。老隋老婆正在跟他闹。女人闹起来,你是知道的。老隋说,根本没有理性可言。老隋说他倒不怕她跟他离婚——要不是为了女儿,他们可能早就离了,他是怕她到单位去闹。报社的冯大力,就是一把手冯社长,他们两个一向是面和心不和,对他早有戒心,甚至杀心,一心想找他的软肋。这种事,一旦闹到冯大力那里,结果可想而知。不光是他的仕途从此埋下后患,就连小让的工作,都会受到影响。老隋说这些天,他一直在为这件事焦虑。他得想个万全之策。

暖气很热。小让感觉,刚刚洗过澡的背上热辣辣地出了一层细汗。墙上的钟敲了十一下,在寂静的夜里听起来有点惊心动魄。老隋说,思来想去,这件事,恐怕还得委屈你一下——小让说,我?老隋说,这也是万不得已。她那个人的脾气,我知道。要想让她不闹,就得委屈我们。我们假装分手。当然了,只是假装。这一段,我们最好少见面。小让看着老隋的脸。几天不见,老隋明显憔悴了。还有他的鬓角,星星点点的,是灰白的颜色。先前,怎么没有注意到呢?

一屋子烟味。小让打开窗子换气。冷冽的夜风吹进来,她静静地打了个寒噤。老隋一口一个她,是在称呼他老婆了。这些天,在他老婆面前,恐怕老隋是吃够了苦头吧。吵架之外,一定还有很多别的桥段。赌咒。发誓。表忠心。跪地板。写保证书。一把鼻涕一把泪。悔不该当初。自己呢,就是他老婆口中的狐狸精、贱货、野女人,混迹在她的口水中,被她任意辱骂。在老隋的陈述和辩白里,他们之间的故事,该是怎样一种情节呢?小让猜不出。小让能够猜出的是,老隋应该是个会编故事的人。他一定最知道,什么样的故事才能让他老婆满意。

烟味渐渐散去了。原先温暖的屋子,已经变得冰冷。小让站在窗前,看着外面点点灯火,从一扇扇窗子里流泻出来。一点灯光,就是一个家吧。可是,温暖是别人的。她什么都没有。刚洗过的头发还湿着,现在已经冻上了,硬邦邦地顶在头上,她也不去管。奇怪的是,她竟然没有眼泪。找了老隋这么久,她焦虑,难受,为这个男人担心,生怕他出了什么事。她原以为,等到见了老隋,一定会抱着他,大哭一场,委屈,撒娇,释然,像小孩子,找到丢失的玩具之后,爱恨交织,倍加珍惜。可是没有。她倒是平静得很。在这个他们曾经的小窝里,她只是感觉冷,彻骨地冷。

七

是个阴天。天空灰蒙蒙的,太阳不知躲到哪里去了。风不大,却很冷。从树梢上掠过,发出低低的声响。路边,有报亭老板在分报纸。一张纸片不小心掉在地上,被风吹得一掀一掀。一辆自行车驶过,照直轧了过去。旁边路过的人便张大了眼睛,看着那浅白色的纸上留下清晰的轮胎的印子。路边的拐角处,是一家早点铺。炸油条的油锅支在外面,灶头师傅也不怕冷,一双红通通的手,啪啪地拍打着面团,头上却冒着热腾腾的白气。旁边,却是一家寿衣店。黑底白字的招牌,不大,却很醒目。食客们吃完早点,甚至不朝那招牌看一眼,即便是偶尔看到了,也是漠不关心的神情,只管匆匆地去旁边的公交地铁搭车。早高峰,正是拥堵的时候。人们都忙着心急火燎地赶路,暂时还顾不上别的。偶尔,抬腕看一看表,心里默默算一下时间,还好,差不多能够赶得上。

从地铁里出来,小让收到老隋的短信。这些天,他们很少联系。只是偶尔,老隋有短信过来,也是十分简洁,再不似先前的缠缠绕绕,浓得化不开了。老隋在短信里说,有事要跟她商量。晚上六点钟,京味斋。小让把短信又看了一遍。有事跟她商量。

能有什么事呢？难不成，是竞聘的事？这些天，报社里兵荒马乱的，人心浮动。一把手冯大力看来是要大动干戈，重整山河了。改革的力度很大，部门之间优化组合，牵扯的人事众多。这种时候，有人哭，就一定有人在笑。几家欢乐几家愁，大约就是这个意思吧。小让不懂，也不多问。只是偶尔从甄姐那里听来一些小道消息，东一句西一句，全是作不得真的。小让心中惦记着自己的事，又不好深问。只有把一颗乱糟糟的心按住，耐心听甄姐八卦。跟老隋呢，又是如今这种状况。小让更不会把身段软下来，去问老隋。本来，当初来北京的时候，小让也没有什么想法。不过是打一份工，挣一份钱罢了。至于后来的事，她真的没有想过。老隋，还有老隋的许诺，都在她的想象之外，让她有点措手不及。怎么可能呢？全当是一个梦吧。这些天，她早想好了，等这边一放假，领了薪水，她就回老家。回芳村。快过年了，回去好好过年。至于和老隋，再说吧。能怎么样呢？她怎么不知道老隋。老隋再贪恋，也断不会下狠心娶了她。

中午的时候，小让在走廊里给那些盆栽浇水。远远地，看见老隋和冯大力从会议室出来，往这边走。小让拿着喷壶正要走开，只听见冯大力说，这绿萝长得不错——你是新来的吧？小让说社长好。拿着喷壶一时怔在那里，走开不是，不走开呢，也不是。正窘着，听见老隋说，老冯，这件事就这样，回头我们再斟酌一下。小让赶快趁机去走廊那头灌水。

京味斋就在小让住处附近。从前,也跟老隋来过两回。装修倒是古色古香,有老北京的味道。小让点了一壶菊花茶,一面喝,一面等老隋。老隋在短信里说,单位还有一点事情没有处理完,让她稍等。他马上到。小让看着对面屏风上那精致的雕花,心里猜测着,究竟是牡丹呢,还是月季?这是一个小包间,满堂的仿红木,墙上挂了一幅字,小让看了半晌,也没有看出名堂。据老隋说,他也喜欢写字,闲暇的时候,常常一个人关在书房里涂抹几笔。当然了,小让没有看过老隋写字。老隋。小让慢慢喝了一口茶。老隋家里的战争,也该已经平息了吧?老隋不说,她也不问。老隋这个人,她怎么不知道呢,最是懂得讨女人欢心。说不定,经过了这场战争,两个人又回到了从前的恩爱,也未可知。虽然,据老隋的讲述,他们夫妻,从一开始,就是被乱点的鸳鸯。怎么可能呢?小让又不是傻瓜。老隋,只不过是说给她听罢了。也不知道怎么回事,小让心里某个地方还是细细地疼了一下。仔细想来,跟老隋,算是怎么一回事呢?其实,私心里,小让也不免做过一些不着边际的梦。比方说,像老隋在缠绵之际所说的,小让是他的。他隋学志的。他要她。他要娶她。他要她做隋太太。这话听多了,小让就生出一些美丽的幻想。跟了老隋,在北京生活,做北京人。就像她那个老乡说的,做不了北京人,也要做北京人他爹。那么,她就做北京人他娘好了。至于石宽,她倒没有多想。石宽。有时候,小让觉得,芳村是石宽的。而她小让,却应该属于北京。她也知道,这幻想没有道理。可是,她还是忍不住。房间里暖气很热,她把外套脱下来,挂上。从单位回来,她特意弯回家里一趟,换了一套衣服。上班干活,她们是要穿工作服的。那样的衣服,怎么能见老隋呢?尤其是,在这样一家堂皇的饭店里。小让还淡淡地化了个妆。她很记得,老隋说过,晚上,灯光下,是应该有一些颜色的。今天这个约会,小让有点措手不及。她掏出小镜子察看了一下,还好。干净,俊俏,是从前的小让。

  老隋急匆匆进来的时候,已经过了六点半了。老隋一面脱外套,一面一迭声地不好意思,说单位里的破事儿,没完没了。燕莎桥又堵车——小让静静地听他抱怨,替他把杯子仔细烫了,倒上茶。有服务生过来,请老隋点菜。看上去,老隋气色还不错,眼睛微微有些肿,眼袋似乎是明显了一些。低头看菜单的时候,秃顶在灯下闪闪发亮。老隋每点一道菜,都要抬头看一眼小让,是征询的意思。小让轻轻点头,说随你。小让不用照镜子也知道,自己的样子有多么温柔。小让还知道,温柔是她的撒手锏。跟老隋这么久,她怎么不知道他?小让穿了那件绯红色毛衣,是老隋喜欢的那件。等菜的时候,两个人默默地喝茶。小让不说话,她在等着老隋开口。玻璃茶壶中的菊花很好看,一朵一朵,满满地绽放开来。枸杞经了浸泡,红得可爱,有细细的哀愁的味道。老隋说,你怎么样?还好吧。小让说嗯。老隋说,是这样,小让,有一件事,哦,还是那件事,我想跟你商量一下。小让说哪件事?老隋嘴巴咧了一下,说,就是,那件事——小让看着老隋欲言又止的样子,心中早已经揣测了八九分。老隋说,我也没有想到,哦,我也曾经想到的,她果然去找了冯大力。老隋说女人闹起来,你是知道的。她居然找了冯大力。没脑子!真是没有脑子!老隋说冯大力是什么好东西!现在好了,现在,最高兴的人,就是冯大力!这次竞聘,如果冯大力想在这件事上做文章,我一点办法都没有。老隋说所以,想来想去,他只好来跟小让商量。菜上来了。清蒸鲈鱼、蓝莓山药、木瓜雪蛤,都是小让的菜。这家京味斋,号称新京派,看来,也早已经名不副实了。老隋说,这个冯大力,我了解。心思缜密,生性多疑,当然,也不是刀枪不入——我没有别的意思,小让。我的意思是说,如果,我是说如果啊,去见冯大力一下——小让坐在那里,看着老隋吞吞吐吐。包间里灯光明亮,温暖,细细的音乐隐隐传来,是缠绵的《梁祝》。小让只觉得背上有寒意漫过,簌簌地起了一层清晰的小粒子,心中却如电闪雷掣一般,一时怔在那里。

八

一连阴了几天,到底是下雪了。雪不大,是细细的雪粒子,纷纷落落的,还没有到地面就化了。大街上湿漉漉的。汽车鸣着喇叭,脾气很大的样子。人们呢,急匆匆地赶路,偶尔抬头望一望天,皱着眉头,自言自语,这雪下得——也不知道是在批评,还是在赞美。可是无论如何,簌簌的雪粒子落下来,给这一冬无雪的城市带来一些新鲜的躁动。毕竟,快要过年了。这点小雪,来得倒是时候。过大年,怎么能没有雪呢?这是芳村人的话。也不知道,这会子,芳村下雪了没有。芳村的雪,那才叫雪。纷纷扬扬的,真的是白鹅毛一般。整个村庄都被这大雪催眠了,还有树木、田野、河套、果园。大红的春联、窗花、灯笼,衬了白皑皑的雪,真是好看。小让很记得,那一年,她刚嫁到芳村。也是大雪。她坐在炕头上,看石宽在地下忙个不停。炉子烧得旺旺的。金红的火苗,勾着淡蓝的边,突突地跳跃着,舔着壶底。水壶吱吱响着,白色的水蒸气不断冒出来。花生在炉口周围排着队,偶尔发出轻微的爆裂声。还有红枣,弥漫着微甜的焦香。大雪天,又是新人,她用不着出门。石宽也不出门,在家守着她。人们都说,石宽是个媳妇迷。石宽也不恼,嘿嘿傻笑。她却臊了。赶石宽出去,却总不成,少不得反倒又被他乘机欺负了。雪粒子落下来,落在她发烫的脸上,凉沁沁的。她也不去擦一擦。也不知道怎么回事,这些陈年旧事,她以为早都忘记了。如今,在北京,在这个雪纷纷的清晨,倒都又想起来了。

甄姐迟到了一会儿,进门就抱怨这坏天气。抱怨了一会儿,看小让不大热心,就把话题换了。小让听她说起年底单位发奖金的事。三六九等,那是肯定的。年年如此。甄姐又抱怨了一会儿头儿。说,这个冯社长,也不是等闲人物。才几年,把报社整治得,火炭一般。一个字,红。那一句话怎么说的?不管白猫黑猫,抓到老鼠就是好猫。小让说噢,可不。甄姐压低嗓门说,听说,今年动静挺大。小让知道她说的是竞聘的事,正不知道怎么开口,看见甄姐朝她使了个眼色,回头一看,却原来是司机小马从旁走过。甄姐笑眯眯地说,今天领银子,下刀子也得来啊,这点儿雪!甄姐说这点儿雪算什么!

午休的时候,小让收到老隋的短信。老隋在短信里东拉西扯,顾左右而言他。老隋说,吃饭了吗?在做什么?老隋说,郁闷。争来斗去的,没意思。老隋说,人活着,究竟是为什么呢?老隋说,牢笼。一只鸟困在牢笼里,什么感受你知道吗,小让?老隋说,人生有很多时候,不得已。老隋说,岂曰无衣?与子同袍。……小让把这些短信看了一遍,又看了一遍。有的话,她看不懂。老隋这个人,就这毛病。酸文假醋的。小让没有回复。

下午到财务室领奖金。年终奖。前面有两个人排队。桃花眼坐在办公桌后面,沙啦沙啦地点钞票,一面腾出一张嘴来,跟旁边的男同事调笑。看上去,桃花眼总有三十多岁了吧,是那种很丰腴的女人。一双眼睛,水波荡漾。老隋是什么时候溺在里面的呢?房间里到处都是盆栽,绿森森的,树林一般。桃花眼那火红的披肩,仿佛一簇火苗,把整个树林都灼烧了。空调很热。小让感觉手掌心里湿漉漉地出了汗。

火车站乱糟糟的。快过年了,外面的人们辛苦了一年,都急着往家赶。小让拉着拉杆箱,背着鼓鼓囊囊的行李,费了半天劲,总算在候车室找到一个立脚的地方。她给石宽发了一条短信:岂曰无衣?与子同袍。

石宽读过高中,石宽懂得这句话的意思吗?

小让不知道。

夜收

是夜火车。

郁春也说不清为什么，从很小的时候，便对火车怀有一种特别的情感。火车意味着旅行，意味着远方。其实，郁春是一个安静的女人，喜欢在家里，宅着，一宅就是好几天。一个人看看书，写写字，喝喝茶，乏了，在阳台的美人靠上倚一倚，看着窗外飞过的鸽阵，还有微微颤动的树影，发一会子呆。郁春住的是跃层，三百平方的复式，有些大了，对于两个人，尤其奢侈。其实，私心里，郁春更喜欢小的物事。小的，总是好的。比方说，小的房子，更容易让人感到安全，还有温暖。在这个大房子里，郁春常常会感到一种空旷，无边的空旷。她抱着肩在房子里慢慢散步，从楼上，到楼下。绣花拖鞋在地板上发出寂寞的回声。这个时候，她总是无法抑止地想念她曾经的小屋。那时，她住在北师大附近。极普通的居民楼，很老旧了，却干净。一居，正适于一个人。当初看上这房子，完全是因为窗前的一株国槐。五月的槐花已经开了，白色中透着隐隐的青。这槐花让郁春想起了家乡的小镇。

那小镇到处都是槐树,每年新夏,团团簇簇,是槐花的世界。郁春的童年,便是浸染在槐花的气息里的,微甜,有一丝湿漉漉的腥味。其实,这种国槐,在北京极寻常。后来,郁春常常想,这么多年,她在北京这个城市,渐渐如鱼在水中,是不是就是因为这触目皆是的槐花?

包厢里冷气开得很足。郁春倚在床头,把披肩紧了紧。火车撞击铁轨的声音,咣当,咣当,咣当,咣当,极有节奏,像古老的歌谣。车身慢慢摇晃,摇晃,慵懒,任性,却又激情暗涌。郁春半闭着眼睛,让自己的身体随着节奏任意左右。虽则是半闭着眼,她依然知道,对面的旅伴还在看报纸。是一个男人。刚进包厢的时候,郁春有一些轻微的失望。在狭小的空间里共居一室,度过完整的一夜,如果是同性,或许会更加愉悦和轻松一些。至少,可以不必太紧张。却是一个男人。人生往往如此。现实和梦想,总是无法相遇。

这种软卧包厢,环境很不错,称得上幽雅。郁春是下铺。对面的男人也是下铺。上面的两个铺位,并没有人。男人斜躺在床上,牛仔裤,白色T恤衫,清清爽爽的打扮。郁春喜欢清爽的男人。当然,像周一洲那样,就有些过了。怎么说呢,周一洲这个人,极爱干净,却有那么一种脂粉气。他的化妆品,比郁春的还要复杂,琳琳琅琅,占去梳妆台的整整一层。周一洲喜欢漂亮衣服,在这方面,也颇有心得。有时候,看着周一洲在镜子面前左顾右盼的样子,郁春就不免疑惑,这个人,怕是女人投胎吧?

对于郁春的仪容,周一洲也总是极尽挑剔。他喜欢眯起眼睛,歪着头,把郁春上上下下地看。他让她往前走一步,再走一步,转身,回头,把衣领竖起来,把手插进衣兜里。他不看她的眼。郁春不喜欢这样的眼神。郁春知道,此刻,他不关心眼前这个女人,活生生的血肉。他只关心衣服。那些漂亮的衣服,一堆纺织物。而衣服里面的女人,只是一个道具。对,道具。其实,郁春就是周一洲的一个道具,是他挂在臂弯的一件漂亮衣服,就像他的名牌手表、他的钻戒、他的太阳镜,时尚,优雅,是身份和品位的象征。他带她出入各种酒会、沙龙,那是京城各路精英雅集的场所。他同别人寒暄,高谈阔论,她只是他身旁的一道风景。仅此而已。他不介绍她,从来不。可是,旁人看她的目光,都是心领神会的。郁春不喜欢这样的目光。每逢这个时候,她就感到格外气馁和沮丧。这么多年的书,真是白读了。想当年,自己是怎样一番鸿鹄之志!读研之后,读博。当初,大家都说,郁春最适合做学问。性子沉静,坐得住,人呢,又聪慧。郁春也知道,自己喜欢书斋。她一直以为,同书斋之间,是有某种默契的,仿佛气息相投的朋友。可是,命运这东西,谁会料得到呢?

男人的报纸动了一下,发出轻微的碎响。依然是斜靠的姿势,一条腿压在另一条腿上。男人的腿很长,显得孔武有力,从牛仔裤的褶皱里,可以想象出大腿肌肉的坚韧和强劲。还有那平坦结实的腹肌,被白色T恤衫和一条黑色皮带恰到好处地勾勒出来。肩很宽,胸肌隆起来,饱满而性感。郁春的心里跳了一下。奇怪,怎么会这样像呢?真的,太像了。尹剑初。这个名字,她以为是早已经忘记了。今天,此刻,却这样轻易地来到她的唇边。尹剑初。还有那么多的往事,在这个夜里,忽然像潮水一般,汹涌而来,令她猝不及防。郁春闭上眼睛。火车撞击铁轨的声音传过来,一下一下,清晰有力,仿佛是夜的心跳。尹剑初。这个男人,她曾经那么狂热地爱过他。不惜一切。真的。那时候,他们多年轻啊。大学校园里的恋爱,是四月草莓的滋味,酸酸甜甜,从舌尖,一直漫溢到心底。跟所有的女孩子一样,郁春曾经以为,和尹剑初,是要终老的。他们是那么般配,金童玉女,走在哪里,都会惹来艳羡的目光。可是,谁会想得到呢?后来,郁春常常想,假如没有那件事。假如那一天,她直接去了他们租住的小窝,而不是在街上独自流浪。假如那一次,她没有喝那么多的红酒。假如尹剑初在电话里叫她一声妞妞……可是,没有假如。那么多的偶然,加在一起,其实就是一种必然,是宿命。谁能逃得了宿命的安排?

手机响了。是周一洲的短信。周一洲问郁春睡了吗,到哪里了,记得把自己的包看好。周一洲总是这样,在一些生活琐事上,最喜欢婆婆妈妈。相形之下,郁春倒成了一个马大哈。有时候,周一洲也会抱怨,说郁春不像女人。周一洲说这话的时候是微笑着的,郁春却从中听出了一丝别样的意味。兰小语,周一洲的前妻,典型的南方女人。据说温柔贤惠,是那种最适合做妻子的女人。郁春没有见过人,照片却是见识过的,端庄娴静,是贤妻良母的模样。有时候,郁春会莫名其妙地生一些闲气,把周一洲气得咬牙,直叹孔夫子的话精辟。郁春看着他那一副样子,暗自叹一口气。哪里是什么闲气!分明是想起了从前的那一个。照理说,在两个女人之间,郁春是胜利者。当初,郁春很是得意了一番。女人都虚荣,郁春承认自己也不能免俗。可是,不知道为什么,渐渐地,郁春越来越觉得这是一个阴谋。是的,阴谋。是兰小语和周一洲,这两个人,合谋把她害了。兰小语把一个貌似光滑美好的苹果,扬手丢给了她,砸疼了倒是不怕,岂不知,一口一口咬下去,内里却已经是千疮百孔了。

怎么说呢,同周一洲的故事,如今想来,也是顶俗套的那一种。邂逅,激情,似乎是一部最令人意乱情迷的情爱小说。那时候,她多年轻!热烈到决绝,丝毫不懂得退守。那一回,整理旧物,翻出了当年的那些照片,都是周一洲帮她拍的。照片上的郁春,再不是当年那个青涩的女孩子,俊俏是俊俏的,可也带着从小镇走出来的女孩子懵懂的仓皇,还有一种新鲜的羞赧。这有尹剑初的照片为证。郁春把相册覆盖在脸上,让自己深深陷入宽大的沙发里。她变了吗?周一洲就不止一回跟她说,春,你不觉得,自从跟我在一起,你变了很多?周一洲说这话的时候,有一些得意,也有一些掩藏不住的居高临下。郁春顶恨他这种样子。不过,她也不得不承认,她或许是真的变了。至少,不再是当年那个傻乎乎的小春子了。可是,谁不变呢?在这样飞速变化的时代,在这样飞速变化的城市。窗子半开着,新夏的风吹过来,把浅烟色的亚麻窗纱吹得鼓胀起来,涨到最饱满的时候,又噗的一声,瘪下去。相册的一角硬硬地硌着她的脸颊,有些酸麻了,拿开的时候,才发现湿漉漉的一片,是凉的泪。照片上,郁春的长发飘起来,同飞扬的裙裾呼应着,有一种惊心动魄的美。衣裳都是周一洲的眼光,浅灰,石绿,深咖,性感的奶油色,雅致的冰蓝,至于经典的黑与白,更是郁春最钟爱的颜色。有时候,被周一洲怂恿着,郁春也有一些大胆的尝试。记得那一回,在一个派对上,郁春刚脱下黑色真丝小风衣,一屋子的目光就被点亮了。风衣里面,是一件水红的兜肚,地道的杭绸,细的带子,黑色绲边,把婀娜的身姿不折不扣地和盘托出。说不出的百媚千娇。周一洲同人们寒暄着,谈着时局,政治八卦,圈内圈外的一些逸闻,某名人的艳事。并不看身旁的郁春,也不理会人们惊艳的目光。他同女人们开着玩笑,有些调戏的意思,又有明显的漫不经心。郁春知道,这个时候,周一洲是得意的。他周一洲的女人!年轻,新鲜,浆汁饱满。当然,郁春也承认,在那样的时候,她也是得意的。虽然,这得意里有一丝隐隐的疼痛。她喜欢这种感觉。越轨,出位,跳脱,逃逸。是的,逃逸。她从平日里那个中规中矩的自己里逃逸出来,像一个冒险的孩子,带着一种破坏的罪恶感和快感。而这些,都是周一洲给她的。周一洲。有时候,郁春也不知道为什么,在周一洲面前,她就不是她了。或许,正如周一洲所说,郁春是变了,变得连她自己都不认识自己了,变得连她自己都常常感到诧异。不仅仅是那些外在的东西,服饰,容颜,一颦一笑。不是。绝不是。那么,是什么呢?是气息。对,气息。一个人的气息,原来也是可以改变的。这是尹剑初的话。小春,你变了——我是说,气息。尹剑初就是这么说的。尹剑初的眉头微微蹙起来,眼睛深处有一种东西,很沉,很重,像锤子,一记下来,敲得她的心一颤。那一回,是最后一回见到尹剑初。

夜色正浓。火车仿佛一支箭,以华丽而忧伤的速度,射向夜的心脏深处。铁轨的撞击声似乎从很远的远方传过来,带着一种神秘的蛊惑力。灯光昏黄,迷离明灭,有些暧昧的意味,又有些欲说还休的踌躇。对面的旅伴还在看报纸。他的姿势,让人疑心,他或许早已经睡去了。然而,过了许久,那报纸竟然动了一下,细碎的,却是激烈的——他把报纸反过来,对折。郁春悄悄往那边张一张,心里就笑了一下,这个人,真是有些意思。仿佛那一张报纸是一部迷人的大书,永远也读不完。捏着报纸的手,修长,白皙,指甲修剪得圆润洁净,无名指上,戴着一枚钻戒,样式简约,却有一种低调的奢华。郁春的心里一跳,怎么会如此相像呢?钻戒。想来,这男人已经是有家室的人了。他的妻子是怎样一个人?他——幸福吗?

手机又震动了一下,周一洲的短信。周一洲说还在赶一个稿子,没办法,人家都提前把银子付了。听周一洲的语气,是在抱怨,又有那么一些隐隐的炫耀。这样的话,郁春听得多了。周一洲有理由这样。怎么说,周一洲也是圈内的名流,用周一洲的话说,如果扳着指头数,在国内,当代,数十个,有他周一洲。数五个,也有他周一洲。数三个,还有他周一洲。而且,与他可以相提并论的,都是业界的名宿,不论是年龄还是资历或者成就,都是令人仰止的。周一洲以四十六岁的年纪,与这些老先生酬和往来,并且从容自若,殊为不易。周一洲的文章,郁春是读过的。周一洲这个人,用他自己的话说,笨,却肯下功夫。郁春不以为然。周一洲怎么会笨呢?周一洲不笨。相反,周一洲聪明。而且,周一洲的聪明是大智若愚。大智若愚。这个词也不对。对周一洲,怎样的形容词都不对。怎么说呢,这些年,周一洲在事业上风调雨顺,当然同他的勤奋和天分有关系,记得那一回,周一洲赶一部书稿,一个月下来,硬是把屁股坐出了疮,害得他只好立着,立在电脑面前,弯着腰,那样子,郁春看了不免发笑,心里却是敬服的,还有些许疼惜。男人,就应该是这个样子。郁春喜欢这个时候的周一洲。那时候,周一洲还住在海淀,租来的房子,一居,外面是老旧的,房子里,却还称得上雅洁。对面是电子城的幕墙,高耸着,有一点突兀。窗子半开着,暮色一点点涌进来,慢慢把屋子染上一重灰,由浅入深,是夜的容颜。周一洲弯腰趴在电脑前的轮廓,渐渐模糊了,只有那鼠标上的灯,一明一灭,十分地有耐心。郁春知道,这个时候,周一洲是不喜欢开灯的,周一洲。郁春坐在床上,远远地看着那个背影,心里忽然就涌上万丈柔情,一时,喉头竟然又硬又紧,干涩得厉害。风从窗外吹进来,远处隐隐有歌声,缥缈的,时断时续,在黄昏的天光里,仿佛一个恍惚的梦。

当然了,除去勤苦,周一洲也会做人。说起来,周一洲自己也不得不承认,他如今的五谷丰登,同这后一条有着千丝万缕的联系。周一洲出身寒微,从小看惯了世间炎凉,对人对事,自有一套久经磨砺的心得。那一回,郁春到周一洲单位附近办事,约好了见一面。不想,却比预先约定的时间早了。是个初春,三月底的光景,阳光已经变得柔软,风吹过来,还有一些轻寒。郁春在街上踌躇了一时,忽然就决定不去旁边的咖啡馆坐了。周一洲说刚得了一幅好字,郁春想早点见识一下。

午后的大楼寂寂的,仿佛是盹着了。走廊拐角处,一棵肥硕的巴西木,绿得恣意。周一洲的办公室半开着,郁春的孩子气上来了,躲在门外,半晌,屋子里没有一点动静。郁春在走廊里立着,一时有些茫然。走廊里光线幽暗,只在顶头那一端,有一线亮的光斑,像一块灰蒙蒙的绸缎,被撕开了一道口子。郁春循着那光斑走去,只听见有人在说话。最近人心浮动,还不是为了那个位子——周一洲!办公室的门虚掩着。周一洲惊讶地抬头望着她,两只手还在那个女局长肩颈处揉捏,一时忘了收回。女局长郁春是见过的,在一次酒会上。那一回,周一洲也没有给她们互相介绍。女局长生得矮而肥,像所有绝望的老女人一样,对年轻貌美的女人怀有深刻的敌意。周一洲私下里曾跟她提起,说人不可貌相。这女胖子,能量巨大。

后来,郁春总是想起那一个场景,想起周一洲彼时的神情。

三月底的天气,房间里暖气开得很足。周一洲穿那一件烟灰色薄毛衫,袖子挽起来,因为努力,额上已经有了一层细细的油汗。他半弯着腰,立在女局长身后。郁春也不知道,后来她是怎样离开了那间屋子。她只记得,周一洲很客气地问她:"请问——啊呀——"转向女局长,"电视台的记者,要给我做个访谈的——"看我这记性——郁春冲出那道白亮的口子,从那块灰蒙蒙的绸缎的裹挟中逃出来。大街上,阳光慵懒,人们来来去去。路边的玉兰,正在盛期,经了雨水,是那种污了的白色,软塌塌的。郁春从来没有见过这样让人颓丧的花。周一洲。有时候,郁春心里会有一种强烈的陌生感。这个男人,他到底是谁?

对面的报纸又响了一下,接着,又是几下,窸窸窣窣的,不太分明。郁春望过去的时候,发现男人已经把报纸折起来,放在小几上。或许是累了,男人微微欠起身,伸手把小几上的一瓶水拿起来,慢慢地拧开盖子。郁春心里又是一跳。怎么会这样像呢?头发,脸颊的轮廓,下颌的线条,还有额头,在幽暗的光线下,闪着晶亮的光。尹剑初。尹剑初的头发,还要短一些。直而硬,发质极好,发际线清晰整齐,把一张国字脸很完整地托出来。郁春至今记得他在水龙头下面洗头的样子。那时候,还在大学。正是夏天,打完篮球,尹剑初就那样把头伸在水龙头下面,哗啦啦冲洗。阳光从树叶的缝隙里漏下来,照着他满头满脸的水珠子。他把头甩一甩,再甩一甩,水珠四溅,整个人看上去,又蓬勃,又清新,像一棵春天早晨的大树。后来,当郁春第一次见识周一洲的身体,四十六岁的男人的身体,肥厚的肚腩,松软的胸肌,脖颈和肘关节处,令人心惊的皱褶,郁春总是会涌起一种莫名的悲哀。岁月这东西,真是无情。郁春也知道,这联想的无理,可是,她管不住自己。其实,现在想来,同尹剑初,或许就是命定。郁春一向是不信命的。当然,那是年轻的时候。什么是命?不过是对生活无能为力的人的一种借口,简单,方便,且易于说服自己。命就在自己手心里握着,就在自己手里,郁春坚信这个。当初,郁春从那个偏远的家乡小镇来到北京,她同命运打了一仗,漂亮的一仗。她赢了,完全靠自己。那时候的郁春,踌躇满志。世间所有的路,都在她脚下,延伸,静静地延伸,等待她选择,起程,去往远方。说起来,郁春是幸运的。毕业,留京,工作也还称得上体面。感情呢,有尹剑初。两个人,都是从偏远的外省来到京城,什么都没有。有的,只是腔子里那股子青春的血气,热腾腾的,随时等待着泼洒出去。当然,还有爱情。他们那时候的爱情,是青枝碧叶的树,繁华葱茏,在春天的太阳底下,可以听得见绿色汁液流淌的声音。雨也是细雨。绿色的雨丝落下来,是湿漉漉的闲愁。热烈的时候,也是有的。在校园里,河边的小树林,电影院昏暗的椅子上,相爱的人,怎么样都是好的。后来,郁春想起这一段的时候,一颗心忽然就柔软下来。和尹剑初,更多的,似乎是精神上的相知相契,仿佛一坛酒,青梅黄酒,有甜有酸有涩,只一口,就醉了,再也不愿意醒来。

那时候,郁春住单位宿舍,筒子楼,在一所大学校园里,安静倒是安静的,可是郁春究竟嫌乱。都是单位里的人,抬头不见,低头见,最容易生出是非。卫生间和厨浴都是公用,尤其不便。夜里,穿着睡衣在走廊里,迎面碰上起夜的男同事,睡眼惺忪,脸和脑子都是木的,擦肩而过时候,才想起来要招呼一声,可是嘴巴却是迟钝的,像生了锈的锁,一时且打不开。更要命的是,没有了一点隐私。办公室里衣冠楚楚的男女,忽然就彼此窥见了盔甲后面的真面目,让人在尴尬之余,不免生出人生的悲凉。只有一条,象征性地交两百块房租,几乎是白住。水费电费,一律是全免的。这在房价飞涨的北京,就非常难得。尹剑初呢,在一个亲戚家借住。亲戚是远亲。至于多远,连尹剑初的母亲都一时算不过来。那亲戚做小生意,发了一笔财,在北京购房置业,家境倒是不错。只是有一点,因为自家的出身,对读书人,便格外有一种复杂的情感。时冷时热,让人不好消受。尹剑初的母亲,当初是心疼儿子,觍下一张老脸,硬是求人家点了头。每年寒暑假,都让尹剑初带来家乡的土产,左不过是一些地里生长的东西,不值几个钱,却也新鲜别致,算是一份心意。尹剑初呢,究竟书生本色,脸皮薄,心性高,寄人篱下的滋味,也不是那么容易下咽的。就同郁春商量着,在五环附近租了房。偏远是偏远了一些,好在有地铁。禁不住尹剑初的百般劝说,并且,也实在是住够了单位宿舍,郁春也就搬过来。

  现在想来,那一段日子,是多么好的日子!每天早晨,郁春都会悄悄起来,在那个简陋的小厨房里,把早点弄好,然后,叫尹剑初。两个人双双立在洗手盆前,刷牙。你挤我一下,我碰你一下,忽然间,也不知为了什么,郁春就被得罪了,含着一嘴的牙膏沫子,把尹剑初追得满屋子逃亡。早晨的阳光照过来,落在凌乱的床上,像水纹,轻轻荡漾着。窗台上的那一盆吊兰,垂下来,衬着淡黄的墙,一直垂到床边。这墙是两个人自己动手粉的。为了省钱。两个人各戴一顶报纸糊成的帽子,穿着围裙,铲墙皮,刷漆,一遍,又一遍。汗水流进眼睛里,杀得生疼。后背上都是汗,痒刺刺的,像是无数的小虫子在蠕动。搬家的时候,也舍不得叫出租。都是尹剑初,骑着自行车,一趟一趟地,把两个人的零碎家私搬过来,像蚂蚁搬家。真正搬过来那一天,晚上,两个人都很有些兴奋,虽然已经是筋疲力尽,可到底还是满怀激越。郁春做了两个菜,买了啤酒,算是庆祝乔迁之喜。尹剑初喝醉了,抱着郁春,跳起了探戈。郁春也有些微醺。灯光恍惚,眼波流转,世界飞起来了。凌乱,眩晕,甜蜜,动荡。一屋子的草长莺飞。后来,在周一洲的别墅里,莫名其妙地,郁春总是会想起这一节。

　　关于这别墅,周一洲是下了一番功夫的。当初,他几乎跑遍了北京城,看遍了所有的大小楼盘。比较,甄别,权衡,论证。这是周一洲的风格。为了窗帘的手感,书橱的明暗色泽,甚至,一只花瓶的形状,博古架上一个难以察觉的疤痕,周一洲可以一趟一趟地跑"居然之家",跟设计师反反复复地探讨,沟通。郁春都记不清有多少回了,周一洲把她一个人扔在家里,自己在三里屯的一些咖啡馆,还有高档家具城,一转就是一天。他是在观察人家的装饰,地板、落地灯、壁挂,那些颇有风味的小饰物,那些细节,无微而不至的琐碎细节,古典或现代,充满浪漫的艺术气质。他在这些细节的缝隙中辗转,流连,他享受这个过程。有时候,郁春也在电话里跟他赌气,半开玩笑,有些警告的意味。郁春说,等你一心一意装饰完你的杯子,酒却早已经流走了。周一洲在电话那端笑,怎么可能!我只有先把杯子备好,才能装起你这美酒。午后的阳光照过来,是周末的阳光,慵懒,落寞,迟迟地,掠过床的一角,有一多半落在地上,被窗纱笼着,切割成细密的格子,明明暗暗,像一个谜。郁春把手边的电话线一下一下地拽着,银灰色的电话线蜿蜒曲折,一下一下弹着她的手,有一下弹重了,她咬住唇,不让自己出声。你怎么了——周一洲在电话那端问,不待她回答,便说,你好好的,更衣间的壁纸,我还得再去看一看,车子在外面等着呢。郁春听着电话里嘟嘟的忙音,半晌,方才把电话挂上,却发觉由于用力,右边的臂膀已经酸麻了,仿佛有一群蚂蚁在细细地啮咬,一直咬到她的心里。

　　周一洲的房子,整整装修了一年。后来,郁春第一次走进这幢漂亮的别墅的时候,已经是他们认识的第五年了。那一回,其实完全是偶然。差不多一年了,同周一洲的关系,一直是阴晴不定。怎么说呢,认识了这么久,对周一洲,郁春自忖是十分了解了。可是,有时候,看着眼前这个人,郁春竟然会感到陌生,那种可怕的陌生感,仿佛是一根刺,生生扎进自己的血肉里,一动,就疼,疼得让人忍不住弯下腰来。郁春不笨。在同周一洲的关系中,郁春是清醒的。郁春也懂得,男女之间,那种应该拿捏的分寸,进与退,抑和扬,收与放,张与弛,其间的种种微妙曲折,她如何不懂?可是,她做不到。在周一洲面前,她尤其做不到。这一点,让郁春十分地恼火。怎么回事呢?在尹剑初面前,在众多追求者面前,她郁春的矜持,可是有口碑的。怎么一遇上周一洲,这个中年男人,郁春就不是原来的郁春了?比方说,吃饭的时候,周一洲两只手把着菜单,认真研究一回,把服务生召过来,开始点餐。郁春从旁看着,他杀伐决断的样子,让人心里又气恼,又有一些莫名的欢喜。比方说,走路的时候,他总是有自己的节奏。郁春落在后面,高跟鞋敲打着地面,急迫而激烈。深秋的京城,已经有了寒意。可是郁春的背上却出了一层薄薄的细汗。究竟是怎么一回事呢?现在想来,那时候,似乎一直是郁春在说话,不停地说,絮絮的,同学的房子,单位的职称,隔壁老太太养的狗老是把卷毛散落在门前的垫子上面,缠缠绕绕的,真是烦人。周一洲一面听着,一面拿一柄小镊子,仔细地拔胡子,一下,又一下,很是耐烦。周一洲几乎没有胡子,下巴光光的,只偶尔有稀疏的几茎,往往被周一洲及时清除。也有时候,周一洲一面听,一面修指甲。周一洲有全套的修理指甲的兵器,韩国货,既精致,又好用,只那漂亮的盒子,就让人看了喜欢。周一洲是个注重细节的人,指甲修得圆润整齐,像工艺品。周一洲从容不迫地做着自己的事,耳边是郁春的絮叨。那一种漫不经心的样子,让人止不住地心生懊恼。后来,郁春常常恨自己,究竟——是怎么一回事呢?

火车慢慢减速了,是一个小站,在夜色中显得格外寂寥。站台上有几个人,零零落落的,匆匆上车。这个小城还在梦中,沉滞,恍惚。有一两点灯光,在夜的深渊里亮着。郁春把窗纱放下来,重新躺好。车停下来,包厢里更加寂静。对面的男人已经拽过那条薄被,把自己严严实实地裹起来。夜里的空调,是凉了一些。也不知为什么,男人一旦躺下来,都仿佛变成了一个小孩子,高大还是高大的,却显得没有来由的软弱,还有无助。郁春看着对面铺上那一个庞然的孩子,心里忽然就涌上一阵潮水,又温柔,又湿润。当年,尹剑初就是这个死样子。尹剑初喜欢侧着身子,微微蜷起来,抱着一个枕头,睫毛微微颤动着,呼吸匀净,那样子真是天真极了。当然,更多的时候,他怀里不是枕头,是郁春。他们像扣子一样,亲密地扣在一起。风敲着窗子。橘黄的灯影,一漾一漾。被子温暖洁净。闹钟在床头克叮克叮地响。屋子里还有粥的甜香,是暖老温贫的味道。多年以后,郁春躺在周一洲的别墅里,难以入睡的时候,总是会想起当年那一个男孩子天真的睡相。铁艺雕花的大床,典型的欧式,繁复奢华,大得惊人。周一洲仰面躺着,一只胳膊绕在她的身后,硌得生疼。她却不肯把那一只胳膊抽出来。她是成心想让自己疼。她自私,残忍,无情,虚荣。她最知道,在尹剑初面前,也只有在尹剑初面前,她可以为所欲为。那一天,尹剑初是怎样离开的?她记不得了。她只记得,那一天,是她的生日,尹剑初擎着二十四枝玫瑰,另一只手里,提着一袋蔬菜,他刚从菜场回来。深秋的阳光落下来,柔软而清澈。远远地,街道拐角处,泊着一辆黑色宝马,笃定,从容,气定神闲。尹剑初不看那车,只是看着郁春,一直看到她的眼睛里。郁春垂下眼帘,轻轻别过头去。有音乐从宝马里传出来,隐隐的,有柔情千种。郁春慢慢向宝马走去。车窗徐徐落下。一车子的玫瑰。热烈,恣肆,像火。深秋的风吹过来,她静静地打了一个寒噤。

火车在夜色中穿行。窗外,旷野寥廓。忽然就有一条河,拦腰把道路截断,在夜色中闪闪发亮。几乎来不及惊呼,郁春就在河水里沉陷了。河水冰凉,混沌,黑暗,让人窒息。她感觉自己在深渊里迅速沉沦。难不成就这样死了?她这一趟旅行,实在是蓄谋已久的。有一个浪头压过来,她大叫一声。

窗子透出微微的曙色。郁春躺在那里,大汗淋漓。她摸索着拿出手机,找一个号码,却找不到。她想起来了,尹剑初的号码,她是早已经删掉了。都过去了,不是吗?可是,她当时不知道,怎么能够删得掉呢?那个号码,她打了五年,早已经长在她的心里了。

号码拨出去的瞬间,她慌忙挂断了。凌晨四点半。她不能这么任性。或者,短信?无论如何,短信要迂回一些,更少了短兵相接的尴尬和无措。

不知什么时候,对面的男人已经不在了。或许是去了卫生间。也或许,只是到走廊里抽烟。这一条短信,郁春写得辛苦。写了删,删了写,左右斟酌不定。她把这最后一稿看了一遍,又看了一遍,忽然就哗啦一下删掉了。她咬着嘴唇,按下了通话键。

竟然通了。依旧是《致爱丽丝》的调子,曲子回环往复,无人接听。郁春的手抖得厉害。重拨。还是无人接听。郁春忽然发现,对面的枕头一直在颤动,一耸一耸,仿佛一个人哭泣的双肩。

郁春把脸埋进被子里。她感到浑身无力。

火车飞驰。

醉太平

一

窗子半开着。绿萝层层叠叠的,在墙上投下了斑驳的影子。不知道谁家的孩子在学琴,断断续续的,有一点生涩,有一点犹疑,还有那么一点微微的负气的意思,反反复复,十分有耐心。老费歪在沙发上看手机报。世界真是不太平,到处都是坏消息。让人觉得,眼前的这份生活,尽管有那么一些不如意,但到底还算安宁。怎么说呢,这些年,老费都是一个人,习惯了。

当然了,有时候,老费也会想起刘以敏。

刘以敏是一个安静的女人。当初,老费就是喜欢上了她的这种安静。骨子里,老费有那么一点大男人,觉得,安静是女人的第一美德。女人家张牙舞爪,蝎蝎螫螫的,总归不像话。所谓的贞娴幽艳,是老费对女人的最高理想。而在如今这世道,却可遇而不可求,简直是个妄想了。

刘以敏是药剂师,身上常年有一种微微的药香。中药这东西,奇怪得很,它的香气是内敛的,低调的,沉静的,不似脂粉香水,蛊惑人心,叫人迷醉,也叫人动荡不安。结婚十年,老费已经习惯了这种药香,干净的,妥帖的,温良的,让人没来由地感觉现世安稳,岁月平定,都在手掌心里牢牢握着。刘以敏喜欢做家务,家里的一切都打理得横平竖直。卧室的床头柜里有一个小医药箱,预备着各种各样的常用药。没事的时候,刘以敏喜欢把这些药拿出来,逐个研究上面的说明。偶尔也淘汰一些,因为过了保质期。大多数时候,刘以敏只是认真地看,一看就是大半晌。老费对刘以敏的这个习惯倒不太奇怪。药剂师嘛。自然对药物满怀兴趣。就像厨师热爱厨艺,建筑师迷恋建筑,有什么大惊小怪的呢?况且,老费和女儿也从中得到了很多好处。有个头疼脑热,小病小灾,一点都不慌张。有刘以敏呢。

一只鸽子落在阳台的护栏上,咕咕咕咕地叫着。白色的羽毛,肚子上隐隐有一痕浅灰。东四这一带,鸽子多。老费把手机扔在一旁,摘了眼镜,半闭上眼。周末,本来说好要看女儿的,但刘以敏说,奥数老师有事,临时调课。计划就乱套了。刘以敏在电话里口气照例是淡淡的。老费心里恼火,也不好说什么。可恨!老费总觉得,刘以敏这是故意的。再给易娟短信,等了半晌,易娟才简短地回复:改日吧。老费猜测,这是不方便了。平日里,易娟不是这样的。易娟是一个活泼的女人。在老费面前,尤其生动。老费心里酸酸的,涩涩的,说不出的复杂滋味。易娟有家庭。这一点,老费是知道的。老费不知道的是,易娟的家庭生活是不是如她所描述的那般,索然无味。谁知道呢,女人,大约是世界上最复杂的动物。雾里看花水中望月,你永远猜不透。就像刘以敏。

二

其实,在那一天之前,老费对刘以敏的事一点都没有觉察。刘以敏的生活,怎么说,简直像钟表一样规律:上班,下班,接送女儿,做家务,周末去看望父母——老费的父母。刘以敏是江浙人,父母在老家。刘以敏的一颗心,便全长在费家二老身上了。费老爷子嘴巴刁,最喜欢刘以敏做的红烧肉。家里那只小黄,也同刘以敏要好。见了她,又是亲又是蹭,不知道怎么亲热才好。费家二老对刘以敏,简直是依赖得不行。一口一个小敏,朝她抱怨着天气,物价,诉说着自己的这儿疼那儿痒,那口气,那神情,竟不像是儿媳妇,简直是贴肝贴肺嫡亲的闺女了。刘以敏呢,也有耐心,好脾气地笑着,问长问短,问暖问寒,直把二老哄得欢天喜地。倒是老费,从旁无聊地看看电视,翻翻报纸,衣帽齐整,神态悠闲,油瓶倒了不扶——倒仿佛是这家的客人了。费老爷子在量血压。费老太太又絮絮地说起老费小时候的那些事,也不知道说了多少遍了。刘以敏择着菜,一面嗯嗯哪哪地应着,适时地惊叹一下,哦,啊,是吗?真的?十分地肯敷衍。费老太太越发眉飞色舞,笑得嘎嘎响。老费看了一眼她们婆媳二人的背影,冲着小黄做了个鬼脸。

三

老费所在的研究院,是一个虚实相生的文化单位。说虚实相生,虚,要占去十之八九。余下的那一二,便是一本学术刊物。这刊物看上去并不出众,薄薄的,面孔呆滞,却是国家核心期刊,有不少人的身家性命,都不松不紧地系在上面。评职称,晋教授,搞课题,发论文,哪一样离得了核心期刊?老费呢,作为刊物的执行主编,少不得要出去应酬。各种人情关系,更是缠缠绕绕千回百转。老费性子是个好静的,不喜酬酢热闹,但有什么办法呢?这是工作。出差也多。全国各地的会议,有的是繁多的名目由头。实在推不得,老费就只有去。长恨此身非我有啊。感叹之余,老费也有那么一点得意。大丈夫行世,不说有千秋情怀治国平天下,安身立命之所却是必需的吧。老费的安身立命之所,便是他的学术。都讲学术生命学术生命,学术就是老费的生命。没有学术,哪里有老费的今天?然而得意归得意,老费怎么不清楚,人们众星捧月,捧的是他屁股底下的这把椅子。单凭他老费,怎么可能!

对于功名这东西,老费是俗人,也不能免俗。从老北京大杂院里头破血流一路厮杀出来,为的是什么呢?就算老费不热衷此道,在冠盖云集的京城帝都,在弱肉强食的圈子里,他也只有咬牙跺脚,不得不做。不过,骨子里,老费还是有那么一点读书人的清高。读书人,拼的是什么?是读书。老费的书读得过硬,文章呢,也委实厉害。在圈子里,也算是个人物。不像那些同行,削尖了脑袋,投机钻营,攻城略地,浪得一些虚名,究其实,却不过是一些学术混子。打着学术的幌子,到处招摇撞骗。眼看着他们一个个发达起来,老费再清高,心里也是有那么一些不甘。凭什么呢?就凭他们肚子里那半瓶子醋,那些个虚头巴脑狗屁不通的文章?这世道,当真是乱了。然而,不甘心归不甘心,老费究竟还是书生本色。无欲则刚。老费信这个。在这一点上,老费倒是很感激刘以敏。结婚十年,刘以敏从来也不曾鞭策过老费,不像天下那些望夫成龙的妻子一样,做着夫贵妻荣的好梦。刘以敏甚至从来不过问他单位里的人事。当年,这个女人也是跟着他一穷二白地走过来的。住筒子楼,生煤炉子,几户人家共用厨房卫生间。一家三口挤几平方的小屋,开门就是床。也不知道是怎么熬过来的。记忆当中,仿佛刘以敏从来没有抱怨过一句。倒是老费,清高之余,觉得究竟委屈了老婆孩子,也害父母双亲忧心,枉为人夫人父人子,更枉为一世男人。痛定思痛,老费咬牙要改。说到底,人最大的敌人,还是自己。这话真是有理。在圈子里看得多了,渐渐积累了心得。老费悟性好。智商加上情商,还有什么是老费看不透的?书生之外,老费也懂得变通。外圆内方,老费深谙此中堂奥。因此上,老费的人缘极好。人缘是什么？是群众基础。在领导那一方面，老费也知道尺度。太远了不行。太近了呢，也不行。好在老费业务过硬，为人呢，又低调。是非又少，人前人后，从来都是不卑不亢。知识分子扎堆的地方，最容易内讧。院里那两派，争权夺利，闹得不可开交。自然了，都来拉拢老费。老费呢，虽则是面上一脸懵懂，可心里明镜似的。争来争去，还不是一个"利"字。老鸹笑话猪黑。刊物的执行主编，经过几番厮杀，明争暗斗，几败俱伤的时候，一个大馅饼咣当一声，不偏不倚，正砸在老费头上。惊诧之余，两个对立面倒都平静下来。也好。如此也好。老费呢，心里自然是得意，脸上却是波澜不兴，一如既往地低姿态。大块文章呢，却是一篇接一篇，有一些春树繁花开不尽的意味了。火借风势，风助火威。墙里墙外，花香一片。一些心思复杂的人也只有闭了嘴。老费的位子便稳稳地坐下了。那一年，老费四十岁，照说正是血气方刚的年纪，却是沉着淡定得很，从不见一句过火的话，一个忘形的举止。谁不喜欢低姿态呢？高调做事，低调做人。人们说，老费这家伙，看着不声不响，是有韬略的。

四

五月的杭州，正是烟花烂漫。老费从会议上溜出来，走廊里恰巧遇上万红。万红是院里的同事，另一个所的研究员。老费摸出手机，装作打电话的样子。不料却被万红叫住，费主编——老费只好停下来,对着手机说,那好,好,先这么说,回头聊回头聊。万红看着他,嘴角抿着,笑。仿佛是看穿了老费的装模作样。老费赶忙说,烦,真烦。破事儿没完没了——怎么,出来透透气?

江南春光,别有一番风致。一眼望去,西湖的烟波浩渺,尽在一览之中。微风吹拂,万红的裙子飞起来,还有丝巾,上面的流苏一下子缠上了老费的西装纽扣。老费手忙脚乱地去弄,偏偏那葱绿色的流苏纠结不休。万红看他急得红头涨脸,却并不帮忙,咯咯咯咯笑起来。随着万红的花枝乱颤,老费的一双笨手更是不得要领,心里不由得咬牙恨道,小贱人!果然是名不虚传。嘴上却只好柔软下来,央求道,求你了——万红忍着笑,朝他飞了一眼,一双十指尖尖的小手,三下两下便把那流苏和扣子的风流官司了结了。万红的头发像黑烟一般,有几缕飘进老费的眼睛里,香喷喷,痒梭梭的。老费就有些恍惚。万红把丝巾的流苏看了又看,嗔道,瞧你,都给人家弄坏了。老费看她娇嗔满面,眼波流转,就有点消受不起,想找个借口回去。在圈子里,万红可是一个明星人物,牵藤扯蔓的,瓜葛遍野。老费不想平白地招惹是非。

后半场的会就开得心不在焉。万红那葱绿色的流苏,把老费弄得心神不定。晚餐的时候,万红照例是众人的焦点。圈子里,本就阳盛阴衰,这种会议,女人更是那万绿丛中一点红。酒场上,自然少不得红粉的点缀,要不然,男人们的豪气干云英雄气概,演给谁看呢?万红已经换了装。露肩低胸,春光乍现,十分惊险。把一帮人都看得痴了。万红究竟是读过博的,懂得文武之道,懂得张弛之理,从端正清丽的女学者,到烟视媚行的女妖精,她不费吹灰之力。火红的小礼服燃烧起来,衬了粉琢般的肌肤,把男人们烤得晕头转向,都渐渐有些失了形状。老费从旁看着那彩云追月的样子,心想,这帮家伙,就这点出息!

开了两天的会,余下的活动便是玩了。游完西湖,又到灵隐寺去烧香许愿。老费头天夜里洗澡贪凉,加上终究旅途劳累,感冒了。一生病,就想家。这是人的通病。老费就改签了机票,提前回了北京。

到家的时候已经是下午四点多了。老费一进门,却发现玄关处的衣帽架上挂着刘以敏的外套。那双米黄色高跟皮鞋,一只端正,一只趔趄。莫非,刘以敏今天不上班?老费脑子里闪过无数电影小说里出现过的画面,飞快地,走马灯一般,根本由不得他。心里倒还是镇定的。不知道怎么回事,他有一种命中注定的预感。不祥的,宿命的,魔幻的,甚至有一点隐隐的兴奋,一种类似万事皆休般的——毁灭感。衣帽架上多了一件男人的西装,卡其色,陌生的,侵略性的,带着某种邪恶的气息。老费的脑子里空荡荡的,响着激烈的回声,因为空旷,只留下模糊的仓促的轰鸣。他一只脚从皮鞋里拿出来,机械地习惯性地去找拖鞋。没有拖鞋。刘以敏的也没有。老费愣了片刻,转身悄悄下了楼。

阳光明亮。明亮得有些虚假。到处都是欣欣然的样子,人间的五月,万物生长,万木花开。楼前的草地里,有割草机在訇訇响着。草木汁液的腥味在空气里流荡,新鲜得有些刺鼻。海棠花已经开了。丛丛簇簇,不管不顾地,开得恣意。还有玉兰。白玉兰。紫玉兰。花瓣肥美,汁水饱满,美丽得颓废,淡黄的花蕊在风中招摇,有一种疯狂的放荡的气息。小区里很安静。人们上班的上班,上学的上学。偶尔也有几个闲人。谁家的小保姆推着婴儿车,只管想自己的心事。一楼的老先生在侍弄他那些花花草草,戴着老花镜,费力地弯着腰。一个胖女人,蓬着头,穿着疑似睡衣,懒洋洋地呵斥着她的狗。老费在附近楼前的凉亭里坐着,默默地抽烟。藤萝架蓊蓊郁郁的,遮住了半个亭子。太阳慢慢从楼后面坠下去了,只留下一片淡淡的绯红,晕染了半边西天。暮色渐渐升腾起来,一点一点地,悄悄包围了他。老费眼睛紧紧盯着三单元的对讲门。刘以敏。怎么就没有想到呢?刘以敏。

五

说起来,同刘以敏的认识,有那么一点小小的传奇。还是大学的时候,有一回到医学院去找一个同学。医学院很大,空旷安静,树木也繁茂,到处是绿荫匝地。几个人在校园里散步,前面走着一个女孩子。正是夏天,女孩子穿一件棉布白裙,宽宽的,带着自然的褶皱,走起路来,腰身一收一放,起伏不定,直把几个青皮小子看得痴了。阳光穿过梧桐叶子,筛下点点光斑,明明暗暗的,叫人不安。一个人就捅捅老费的胳膊肘,说,怎么样——敢不敢?

后来,私心里,老费总觉得有一些不甘。是谁说的,身姿之美,胜过容颜之美。简直是胡话!怎么说呢,这个刘以敏,容貌委实一般。自然,也不能算作丑。中人之姿吧。她当初那美好的背影,真是有欺骗性。要知道,那时候的老费,是文青,对爱情,还有婚姻,老费是抱有一些美丽的幻想的。老费心中的女子,究竟是怎样的呢?老费想了半辈子,始终也没有想好。想来想去,反正绝不是眼前的这一个。为了这个,老费总觉得委屈。尤其是,生了孩子之后,刘以敏的身材是大不如前了。更让人心烦的是,随着年纪渐长,刘以敏竟然越发胖了起来。宽袍大袖的家居服,更让她显得没有形状。有时候,看着刘以敏臃肿的身子在屋子里转来转去,老费就懊恼得不行。有什么办法呢?人生就是这样不讲道理。老实说,先前,恋爱的时候,还是有一些美好的意味的。多少年了,老费有时候还会想起来,白裙的女孩子,低着眉心,腰间那盈盈一握的感觉。仿佛是一个夏天的黄昏,蝉在树上叫。风微微吹过来,淡淡的芬芳,若有若无。一颗心跳得厉害。手心里湿湿的,全是汗。也不知道什么时候,生活把当年那个窈窕的女学生偷走了,丢给他一个肥胖的妻子。这真是没有办法的事情。然而,委屈归委屈,老费认真想上两回,也就把自己劝开了。贤妻,良母,孝顺的儿媳妇,敬业的药剂师。

还要怎么样呢？真是人心不足了。可是，这世上的事——谁会想得到呢？

六

后来，关于那一天的事，老费一直没有问起。生活照常进行。刘以敏把老费出差的衣服全都清洗了，晾干，消毒，熨烫，折叠，收好。刘以敏把那只小旅行箱擦拭得一尘不染，用那个棉布套罩起来。刘以敏炖了雪梨银耳羹，熬了绿豆百合薏米稀饭。刘以敏把小药箱打开，仔细挑选了清火的感冒药。窗子不敢大敞着，只留了一条窄窄的缝隙。屋子里用着加湿器。细蒙蒙的水雾，在阳光下折射出一道斑斓的影子。北京的春天，实在是太干燥了。老费靠在沙发上，看着刘以敏忙忙碌碌。刘以敏的头发随意绾起来，露出雪白的脖子。刘以敏穿一件粉色家居服，胸前一跳一跳的，活泼得很。刘以敏在家不喜欢穿胸罩。老费看着看着，忽然就把眼前的一碗雪梨银耳横扫下去。碗掉在地板上，当啷啷一阵乱响，并没有破碎。刘以敏从厨房里奔出来，看着地下那一只歪斜的空碗，汤汤水水流出来，黏糊糊的，淌得到处都是。又看了一眼老费的脸色，仿佛是没有反应过来，又仿佛是，吃了一惊，怔忡了一时，便去拿拖把。老费坐在沙发上，只觉得胸口堵得难受，喘不上气来。刘以敏扔下拖把，慌忙过来扶住他，直问怎么了，怎么了这是？老费说不出话。半闭着眼睛，呼哧呼哧喘着粗气。刘以敏手忙脚乱地收拾残局。电话响了半天,老费也不管。到底是刘以敏挓挲着一双湿手跑过来接了。刘以敏对着话筒说,没事,妈,是老费——感冒,小感冒——药刚吃了——老费看见刘以敏的鼻尖上细细的汗珠,心想,她怎么不发火,嗯?她怎么这么好脾气?

后来,老费出差,都是按时回京。回京前,他总是发短信告诉刘以敏。几点的飞机,几点落地,几点到家。刘以敏回道,知道了——啰唆。

自那回以后,老费经常做梦。梦见自己从外面回来,掏出钥匙,半天也打不开门。或者,终于打开了,进去一看,竟然满眼陌生,是旁人的家。老费冷汗淋漓地从梦中醒来,身旁的刘以敏睡得正香。也不知道从什么时候开始,刘以敏居然也打起了小呼噜。先前,刘以敏不是这样的。是不是,胖人容易打呼噜?屋子里很静。窗外,夜色无边。老费靠在床头,默默地吸烟。

七

这个圈子里的人,都有那么一些毛病。怎么说呢,在浪漫和堕落之间。要说其中的边界,却是微妙而模糊,道不得。自古以来,有多少诗书文章,没有红袖添香的情影呢?所谓风流才子,正是这个意思。读书人,本就心思旖旎,对世界和人生的认识,要辽阔得多,丰富得多了。又逢上这么一个大时代,闹哄哄,有破有立,或许终究,破的竟比立的还要多。到处是断壁残垣,到处是尘土飞扬。人心呢,就有些俯仰不定。是真名士自风流。这年头,名士风流是不必说的,一些个真真假假的文人,打着名士的幌子,也动不动闹得彩霞满天。仿佛没有一些绯色的传说,倒不像了。周围人的浪漫或者堕落,看得多了,老费也只是一笑。作为知名学者,核心期刊主编,实在不乏暗送秋波的女人,然而,老费怎么不知道,这其中的真真假假虚虚实实?不得不承认,这个时代,女人们是骁勇善战的,遇百折而不挠。不说那些当面的薄嗔浅笑,媚眼如丝,单是那些个柔情缱绻的短信,就令人有些把持不住。这些女人不比那些庸脂俗粉,都是读过书的,在大学的课堂上,也是不嗔自威的厉害角色,镇得住下面那一堂的轻狂后生。在研究机构,也是目不斜视凛然不可侵犯的大女子,学者范儿,然而在老费这里,却是一池春水波光荡漾。她们懂得唐诗宋词的厉害,懂得自古以来男人们的软肋,读书的男人,她们尤其知道他们的痒处和痛处。一向年光有限身,等闲离别易销魂。别来春半,触目愁肠断。欲见回肠,断尽金炉小篆香。这些个春愁秋怨,嘤嘤咛咛,个中款曲,老费如何不懂?任是铁石心肠,恐怕也不会心如止水吧。有时候,怦然心动之余,老费也半真半假地敷衍她们一下,一面按键一面心里骂道,什么衷肠难表,锦书难托,电子传媒时代,到处都是快捷方式,还有什么是难的?老费不是柳下惠。但老费也没有那么好的胃口。大约是因为有了刘以敏的教训,在女人方面,老费挑剔得很。

遇上易娟,完全是一个偶然。老费到D大去讲座,易娟是研究生院外联处主任,负责接待。老费由易娟引着,去学术交流中心的报告厅。D大校园很大,绿化也好。正是初夏,到处是草木青青。易娟的高跟鞋发出清脆的响声,让人没来由地心情愉悦。旁边的花圃里,有一种粉色的小花,团团簇簇,开得热烈。一只喜鹊停在草地上,镇定地朝这边观望。老费听见易娟新莺般的声音,费老师,到了。

晚饭在D大贵宾楼,易娟也作陪。研究生院魏院长是老费的老同学。席间,老同学自然是推杯换盏,把酒叙旧。然而,老费注意到,魏院长看上去热闹闹地喝酒聊天,一颗心却似乎全在对面的易娟身上。魏院长自以为隐蔽,但是老费的一双眼睛,不知道有多毒。说起来,老费同这个魏院长之间,还有那么一段故事。当年,老费和魏院长同时喜欢上一个外文系的女孩子,莫名其妙地,那女孩子竟被魏院长追到了。当时少年纯情,对老费的打击不可谓不深。自那以后,老费对魏院长的感觉就有那么一点微妙。自然了,魏院长和那女孩子也没有最终修得正果。按说,老费应该高兴,然而,也不知怎么回事,对魏院长,老费的感觉却更加微妙了。贵宾楼的菜不错,酒也是好酒。老费不知不觉就有点高了。席间,易娟一直张罗着,把他照顾得滴水不漏。对那魏院长,倒是彬彬有礼的,十分自持。老费醉眼蒙眬地看过去,易娟仿佛刚刚沐浴过,头发湿漉漉的,灯光下,清新中有一种撩人的妩媚。老费举起杯子,冲着魏院长,脸却朝着易娟,老魏,你们院里真是美女如云哪。

自那之后,老费偶尔给易娟发个短信。也没有什么事。不过是问候一下,说一些个不咸不淡的废话。易娟的短信回复得很快。易娟是一个聪慧的女人。伶俐机巧,最宜于聊天。话锋总是不偏不倚,正合适。渐渐地,就有那么一点悠然心会的意思了,是啊,悠然心会,妙处难与君说。可是老费和易娟,却是不必说的。他们心有灵犀。这就有一点意思了。老费常常拿着手机,一遍一遍地看那些短信。越看越觉得,这个叫易娟的女子,真真一个水晶心肝玻璃人儿。有时候,老费想着那些交锋,语言的交锋,你来我往,桃李投报,情不自禁地微笑了。短信这件事,好就好在这里,比书信敏捷,比电话呢,迂回。私心里,当初,老费并没有把易娟看在眼里。作为女人,公正地讲,易娟只能算得上七分颜色。看来,老魏的审美,比起当年,竟是大大不如了。学院里,虽说是草长莺飞,但围墙高了,又有师道尊严的藩篱,终究有它的局限性。然而——老魏感兴趣的女人,想必是有她的过人之处吧。老魏。当年的那一箭之仇,虽说是时过境迁,但又因何不报呢?不过举手之劳,而已。更何况,易娟又是这样一个蕙质兰心的人儿。老费仔细回味着那些短信,那种种得趣处,一颗心不由得摇曳起来。这一回,怕是由不得他了。

八

那一向,同刘以敏的关系有一点,怎么说呢,有一点奇怪。

夫妻之间,时间长了,便仿佛血肉相连的一个人了。即便不是心有灵犀,但一个人身上的痛痒,却是同另一个人息息相关的。要说毫无觉察,是不可能的。那阵子,老费在家里越发沉默了。而刘以敏,则以更加镇定的沉默来回应他。两个人仿佛是暗自较了劲。老费什么都不问。刘以敏呢,什么也不说。刘以敏照例安静地上班,下班,接送孩子,给费老爷子做红烧肉,给费老太太针灸按摩。对老费,也温柔体贴。夜里的刘以敏,与先前也并没有什么不同。刘以敏向来不是一个热烈的人。在这方面,又有着医务工作者常见的洁癖,轻度洁癖。老费呢,先前倒是兴致勃勃的,年纪轻,又按捺不住,在刘以敏面前,不免有一点低三下四。后来,那一天之后,老费便渐渐委顿了,懒洋洋的,清心寡欲,难得有闺房闲情。刘以敏呢,也正好落得清静,有那么一些自得其乐。有时候,老费看着刘以敏洗洗涮涮的噜苏样子,便不由得一时性起,夹杂着无名的怒火,还有一些说不清道不明的情绪,老费就有些凶巴巴的,仿佛身下的女人正是自己的仇人。逢这种时候,刘以敏总是把眼睛一闭,颤巍巍地受了。也不反抗。刘以敏的反抗就是,没完没了地洗澡,一遍又一遍。床上一派凌乱,笼罩在一片柠檬色的灯光里。浴室里传来哗啦哗啦的水声。水汽把磨花玻璃门笼得严严实实。老费颓废地躺在床上,半闭着眼睛。狂欢后的虚无,末日般的恐慌,疲惫,还有无助。空气里似乎有一种草木的腥味,新鲜得刺鼻。海棠花开了。还有玉兰。白玉兰,紫玉兰。鹅黄的花蕊,微微抖动着,在风中招摇,有一种放荡的疯狂的气息。

醒来的时候,身边没有人。刘以敏正坐在卧室的地毯上,各种各样的药摊了一地。灯光把她的影子画在对面的墙上,虚幻的,夸张的,有一些变形。老费把两只手交叉着,枕在后脑勺下。这阵子,刘以敏越来越喜欢摆弄她那只小药箱了。她把那些码得整整齐齐的药,从里面一个一个拿出来,仔细研究它们的文字说明,然后,再一个一个放回去,重新排列整齐。刘以敏的神情专注,近于痴迷。守着那个小药箱,刘以敏能够一坐大半天。不动,也不说话。刘以敏的话不多。刘以敏是一个安静的女人。

离婚是老费提出来的。

刘以敏看着老费的脸,足足有半分钟。然后,刘以敏咬了咬嘴唇,说,好。

多年以后,老费有时候会冒出一个念头,当初,是不是把刘以敏冤枉了?

九

邻家孩子的琴声不知什么时候停下来了。空气里有一种饺子馅的香气。应该是韭菜馅。老费最喜欢韭菜馅。这原是北方人的口味。韭菜馅,大白菜馅,包饺子蒸包子包馄饨,是老费从小就吃惯了的。刘以敏呢,却是典型的南方人的胃。对韭菜,简直是恨之入骨。只那股子气味,就让人讨厌。刘以敏也包饺子,但是喜欢用韭黄,加点虾仁,加点鲜肉,加点鸡蛋,加点香菇。刘以敏的饺子自然是美味的,但是人这东西,就是这样奇怪。味觉的记忆,就是这么顽固。时间长了,刘以敏终于妥协了。刘以敏开始尝试着包韭菜馅饺子,开始学着做大白菜,做红红亮亮的红烧肉,竟是越做越出色了,害得一家老小,尤其是费老爷子,最是好这一口,越发离不开了。刘以敏兴头头地忙活,老费津津有味地吃。老费倒是从来不曾问过,刘以敏是不是也真的热爱上了韭菜和大白菜。

老费起身给自己沏了一杯茶。茶不能空腹喝。这是刘以敏的规矩。还有,每天晨起喝一杯白开水,晚上吃一粒金维他,每天叩齿多少下,每天提肛多少回,肉吃多了要清胃火,一周吃一次杂粮粥清肠子……一堆的繁文缛节条条框框。如今,老费是早已经不管这些了。一个人过的好处就是,自由。一个吃饱了,全家不饿。精神上的自由倒在其次。躺在床上,想什么,不想什么,全没有人管。重要的,还是身体上的自由。就像平日里人们调侃的,男人三大得意事,升官发财死老婆。老实说,在刘以敏时代,尽管老费有种种不如意,但还是没有真正越过那条线。要说精神出轨,那就不好说了。老费也是血肉之躯,也是心思细腻满腹才情,圈子里,老费大小也是一个人物。老费的内心世界五彩斑斓丰富多姿,这不是老费的错。比方说这茶,上好的君山毛尖,便是那个漂亮的湘妹子寄来的。湘妹子是大学老师,在长江之畔仰望京华烟云,仰望京华烟云中的核心期刊主编老费,冠盖满京华,担忧寄情不达,便寄了君山毛尖,并附一句:凝恨对残晖,忆君君不知。老费一面品茶,一面品诗,舌尖心底,其中的百般滋味,就不足为外人道了。

老费喝着茶,百无聊赖地翻手机。看见易娟那条短信,潦草的,冰冷的,公事公办的,没有一丝感情色彩。改日吧。改日。他想起同易娟讲过的一个段子。当时,易娟一下子就把脸飞红了。易娟白嫩,是那种吹弹可破的皮肤。因此,易娟的脸红就格外动人。如今的女人,尤其是这个年纪的女人,脸红倒成了一种难得的颜色。女人们都很放得开。酒桌上,不仅仅是善饮,即便讲起段子,都是不让须眉的。直把男人们都讲得哑口无言了。这世道,当真是不得了。老费心里暗暗骂了一句。当初,知道了易娟有家庭,老费反倒有一种莫名其妙的放松。有家庭好啊,好极。这样的女人,前瞻后顾,知道进退,懂得分寸。在这种事上,老费不想麻烦。老费看着易娟吞吞吐吐的样子,一颗心就完全放下来了。真的。放松之余,还有一种,怎么说呢,隐秘的快感,邪恶的,疯狂的,侵犯的,带有一种摧毁什么以及颠覆什么的粗鲁的豪情,还有悲壮。妈的。也不知道怎么回事,真是莫名其妙。

这都是后来的事情了。

跟刘以敏离婚以后,一度,老费觉得自己都快挺不过去了。婚姻这东西,真是奇怪得很。仿佛身体的一半被生生砍了去了,血肉模糊。又仿佛一颗蛀牙,被拔掉之后,依然会疼得钻心,那种空洞的疼痛,让人不由自主地拿舌头去舔,却一次次扑了空。舔过之后,只有更深刻的疼。这是老费没有料到的。女儿判给了刘以敏。老费并没有争。女孩子,跟着母亲,毕竟方便得多。没有了刘以敏和女儿,这三居室的房子显得格外空旷。连电话铃仿佛都有空洞的回声,盘旋不去。钟表嘀嘀嗒嗒,分外清晰,连成一条线,带着锋利的硬度,把时间切割得七零八落,叫人惊心动魄。老费在屋子里走来走去。拖鞋敲击着木地板,在寂静的房间里响起,橐橐橐,橐橐橐。活了半辈子,空热闹一场,到头来,还是剩了孤零零一个人。人这一生——怎么说呢?

  房子还是老费单位分的福利房。老费忙。装修全是刘以敏的事。刘以敏心细,眼又高,房子装修得十分漂亮,引了很多人来观摩,一时间成了朋友间流传的样板房。有话说,男人两大累,离婚和装房子。这两样,老费倒是都不曾有体会。婚离得手起刀落,干净利索。房子也没有介入一个手指头,一身轻松。有朋友提起来,不免有些眼红,说,老费这家伙,真是便宜了他!

  老实说,私心里,老费不愿意把易娟往家里带。老费不是矫情。真不是。老费是有障碍。心里总有那么一个小东西伸出藤藤蔓蔓,牵牵绊绊的。可是易娟不依,闹着要去家里看看。老费最看不得她娇嗔的样子,心里一软,就答应了。

  第一回带易娟回家,老费表面上从容,心里却是慌乱得不行。这房子里,一桌一凳,寸布缕丝,怕是连一颗钉子,都有刘以敏的手泽吧。老费到底是心虚,总觉得,刘以敏的眼睛就在不知什么地方,看着。还有女儿。女儿长得像老费。眼睛不大,却黑漆漆的,棋子一般,特别亮。

老费把灯都关掉了。易娟笑他老土鳖,笑得花枝乱颤。老费看着黑暗中那横陈的玉体,山是山水是水,山重水复,忽然一下子恼羞成怒。

送走易娟,老费把家里的床单枕套都洗了。老费学着刘以敏的样子,清洗,消毒,熨烫。老费把家里里里外外都清扫一遍。沙发套也换了。杯子放进消毒柜。窗子半开着,夜风莽撞地吹过来,凉爽得很。老费大汗淋漓地坐在沙发上,累得直喘粗气。空气里弥漫着消毒水的味道。

易娟。真没想到,易娟竟是这样好。想起易娟那个疯样子,老费心里痒痒的,又恨恨的。这么多年,看来真是白活了。洗过的床单在阳台上飘飘曳曳,像旗帜,欲望的旗帜。夜月一帘幽梦,春风十里柔情。所有这些,都超越了老费的人生体验。老费半闭着眼睛,回味着方才的种种,觉得犹如新生。女人这东西,真他妈的妙不可言。老魏。难怪了。老魏是情场老手,在高校里,是著名的灰太狼一匹,不知道有多少美羊羊落入过他的狼口。这易娟,难不成已经——不会,应该不会。老费想起老魏的那个光灿灿的秃顶,仿佛罩着一圈佛光。妈的老魏!

易娟。她现在做什么呢?看来,这个周末,是没有什么意思了。

午睡起来,老费有一些萎靡。下午的阳光照过来,透过窗前的植物枝叶,一地乱影斑驳。老费木着一张脸,目光茫然。窗子半开着,有风从树梢上掠过。对面工商银行的招牌把阳光反射过来,落在铝合金窗子上,两个光斑亮亮的,晃人的眼。手机叮的一声响。老费抓过来看,是师弟的短信。不用问,八成又是论文的事。师弟在一所高校当老师,一心想早日晋升教授。可是杂志是双月刊,用稿量有限。况且,前面有多少人排着呢。再细看时,才知道有好几个未接电话,短信也有一堆,原来方才午睡,他设置了静音。电话有的必须立刻回复,有的呢,须得斟酌一下,还有一些陌生号码,是根本不予理睬的。左不过是一些个人,辗转托了关系,求他发稿子。也或者,是诈骗电话,也未可知。这年头,什么事情遇不到呢?短信也挑选着回复了。这不能怪他。在这个位置上,他必得学会选择,有所为,有所不为。要是来者不拒,那还了得!处理好这些电话短信,老费胸中的那一股子豪情又慢慢升起来。人于世当有为。男人嘛,总归是要做一些事情。做事情,总归要有一方阵地。就仿佛唱戏,总少不得戏台子。而今,这刊物就是他老费的戏台子。唱什么,如何唱,老费胸中有数。不用思量今古,俯仰昔人非。一个人,尤其是,一个男人,把社会关系梳理好了,其他的都会迎刃而解。

袁爷的电话打过来的时候,老费正在练字。袁爷说晚上聚聚,六点,老地方。

老费一手拿着毛笔,一手叉腰,退后两步,眯着眼睛看刚写好的那幅字——以德润身。这个"德"字,用笔有些怯了。今天状态不对。也不知道怎么回事,不似平日里心静神定。袁爷在,一定会有万红。袁爷是谁?袁爷是圈子里的老大,江湖上人称袁爷,霸王一般的人物。坐着学界的头一把交椅,又是官方的大红人。各种头衔一大堆,报纸刊物上的个人简介,恐怕是几行都排不下。在这个位子上,资源丰富,人脉极广。轻易不说话。一言既出,一句顶一万句。这个时代,精神和物质之间的相互转化,超出了一般人的想象力。在京城,文化更是让人如鱼得水,有多少人打着文化的幌子混饭吃?文化的冠冕之下,是叮当作响白花花的银子。文化中心的名头,也不是浪得的。袁爷这个人,对同代人有些苛责,然而,在对待后学上,却是十分肯提携。圈子里那些个名字如雷贯耳的,有多少人没有受过他的恩泽?那些初出茅庐的后生小子,更是对袁爷恭谨顺服,持弟子礼。围绕着袁爷,有一大批门生晚学,遍布全国各大高校学术重镇,人称袁派。这袁派兼容包并,以学院派为主,吸收各流派之优长,少门户之见,势力极大。袁爷还有一个好处,是为人低调。然而在这个位置上,再怎么低调,气焰却是盛的,如何能压得住?翻手为云,覆手为雨。袁爷的宽袍大袖,手挥目送,想捧谁捧谁,岂不是谈笑间的琐务?万红呢,是著名的交际花,云雨际会,风月无边。在学术位置上,还抱有一些不切实际的幻想,自然懂得如何同袁爷交好。据说,尽管袁爷阅尽人间春色,万红却以一当十,依然是独擅专宠。圈子里,谁不知道,万红是袁爷的女人?

万红。老费把毛笔一掷,去洗手。

手头还有万红的一篇稿子。坦率地说,万红的文章,实在是不敢恭维。可话又说回来,自古以来,有几个先机占尽才貌双全的?嫣然百媚的万红,纵有风情万种,却根本就没长着做学问的脑子。把学术文章写得像抒情散文,动不动就潸然泪下,就心疼肝儿疼,满纸都是小女子的矫情和装腔作势,同那正大严肃的论文题目对照起来,有一种强烈的戏剧效果,简直让人哭笑不得。也不知道,她当年的博士学位是怎样拿下来的,真是难为了她。当然了,会者不难。在某些方面,万红自有其过人之处。圈子里,凡是有头有脸的人物,有几个不曾领教过万红的厉害?私下里聊起来,仗着酒盖着脸儿,大家不免就有些忘形,编派一些个七荤八素的段子,句句都语义丰富,让人浮想联翩。也有人喝多了,越性儿做起了排列题,刚起了头儿,便被年纪长些的喝止了——都是读书人,风雅固然重要,但斯文还是要紧的。自然了,这种玩笑,一定不能当了袁爷。袁爷的面子,大家还是顾忌的。

其实呢,万红也曾经向老费有过这样那样的暗示。老费一面假意周旋着,心下却清楚得很,兔子不吃窝边草。跟万红在同一个单位,稍有不测,后患无穷。这是其一。其二,万红是谁?她背后的裙带关系,缠缠绕绕,剪不断理还乱,弄不好就牵了这个,绊了那个——都是朋友,老费不想惹麻烦。更何况,还有袁爷。即便是袁爷襟怀阔大,览尽天下,可袁爷是男人。这世上,有对女人不介意的男人吗？众人觉得神不知鬼不觉,谁知道哪一天会东窗事发？倘若是袁爷对这个女人不认真也就罢了,若是真的有那么一点真心,或者是,仅仅是男人的嫉妒心抑或是自尊心,就完了。为了一个女人,不值。当然了,对万红,老费不是没有想法。英雄难过美人关。何况老费不过是一介凡夫俗子。万红是一个骚货。这世界上,有哪一个男人不喜欢骚货呢？

这些年,虽则是倚马立斜桥,满楼红袖招,但老费有一个原则,圈子里的女人,不动。老费这个人,好就好在有底线。一则是,老费不喜欢送上门的女人。在女人方面,老费喜欢征服感。圈子里那些个投怀送抱的,老费不过是碍着面子,敷衍一下罢了。二则是,老费谨慎。哪怕是在外面如何欢场跌宕,圈子里的清名,他还是要顾及的。他年纪还轻,前程正长,这种事,放下去四两,提起来却有千斤。不说那些暗中的对立面,单是那些觊觎这个位子的人,他数得过来吗？还有,这几年,他是太顺了一些。从学术地位到仕途升迁,几乎是青云直上。太过则损。他深通此道。如此说来,离婚一事,竟是他生活中唯一的瑕疵了。也好。如此也好。结婚的念头,却不曾有过。对婚姻这东西,他是有些胆怯了。这些年,老费不是没有遇上过钟情的女人。比方说,易娟。老费真是迷恋得很。然而,易娟不同。两个人虽在一个城市,可隔行如隔山,中间横着千山万水呢。其间的行止进退,老费懂。

浴室里的顶灯坏了,老费也懒得换。只有一个镜灯,兀自发出昏黄的光。老费洗完手,转身拿毛巾的时候,脚下打滑,趔趄了一下,幸亏还算敏捷,扶住了浴缸的边缘,却被大理石台面的棱角碰了胳膊肘。老费觉得一阵酸麻,低头一看,竟然破了皮。妈的。老费心里恼火,到卧室里找药。

刘以敏的小药箱,老费基本上没有动过。刘以敏在的时候,轮不着他动。小药箱是刘以敏的专利。刘以敏不在的时候,老费也很少想到它。有个头疼脑热,扛一扛也就过去了。老费身体还不错。有时候,老费想,刘以敏为什么要把她这个宝贝留下来呢?她干吗不带走?但是,老费没有问过。在离婚这件事上,老费的话不多。刘以敏说,她要女儿。老费就把女儿给了她。刘以敏说,她不要房子。老费就把房子留下来。刘以敏说,她把家中的存款拿走一半。老费就让她拿走一半。刘以敏,女儿的抚养费,老费不用管。这一回老费没有答应她。他老费的女儿,凭什么不让老费出抚养费?当时,老费还愤愤地想,刘以敏如此刚硬,八成是准备结婚了。可是,很久之后,也没有听到刘以敏结婚的消息。老费想,怎么回事?难不成——

十

据说,刘以敏照例每个周末都去看父母——而今,应该是前公婆了。刘以敏却没有改口,依然是一口一个爸,一口一个妈,又亲热又自然。倒是有一回老费听见了,觉得颇不自在。那一回,老费一进门,便觉得家里的气氛不一样。热闹的,拥挤的,有一点纷乱,却是安宁的,家常的,世俗日子的气息。门口一大一小两双鞋,大大咧咧的,是那母女俩的。刘以敏扎着围裙,挽着袖子,整个人热腾腾的,在厨房里进进出出。刘以敏胖,爱出汗。看见老费,说:"来了。"是陈述句。也不等他回答,就又忙去了。老费想起了《红楼梦》里那句话,体丰怯热。是宝玉说宝钗的,一不小心,痴公子惹恼了宝姐姐,还招来林妹妹的笑话。老费曾经跟刘以敏说起过,刘以敏"哦"了一声,说"什么乱七八糟的"。老费讨个无趣,知道是鸡同鸭讲。刘以敏是药剂师,只精通药理——怪不得她。厨房里传来高压锅噗噗噗的响声,还有锅铲在炒勺里乒乓的碰撞。老费把文件放在迎门的小茶几上。旁边是一兜赣南脐橙,一只蜜柚,一大盒金施尔康,两瓶深海鱼肝油。刘以敏的手套在旁边胡乱躺着。费老太太见了儿子,高兴地朝屋里喊,甜甜,看谁来了?女儿正在电脑前忙碌,根本没有时间理会大人们的一惊一乍,眼皮抬了抬,敷衍道,爸。就没了下文。费老太太嗔道,这孩子——看不把眼睛看坏喽。张罗着把儿子的外套挂起来,给儿子倒水,把儿子毛衣上的一个线头仔细择去。然后,朝着厨房的方向使了个眼色,压低嗓音说,小敏在——不去看看?老费心里有些怨母亲的啰唆,离都离了,还这么撮合。看着母亲眼巴巴的样子,倒不忍心了。当初,离婚的时候,是瞒着老人,先斩后奏的。费老爷子为此大病一场。好长一段日子,不让老费进家门。老费也不解释。费老太太夹在父子两个中间,怕气着老伴,又心疼儿子。儿子轻易不来,来了呢,就有那么一点上赶着巴结的意思了。人老了,在儿女面前,是不是都是这样?老费问,爸呢,怎么不见爸?费老太太拿下巴颏指了指阳台,说那不是,伺候他那小乌龟呢。刘以敏把一盘菜端上餐桌,说,开饭了。老费本来不打算吃饭的,这时候倒不好走了。后来,老费总是想起那一天的情景:一家人围着吃饭。女儿叽叽喳喳地说着学校的那些事儿。费老爷子就着红烧肉,慢悠悠地喝他的二锅头。费老太太一个劲地给刘以敏夹菜。老费把脸埋在碗里,偷眼看刘以敏,倒是坦然自在。老费就恍惚了。

十一

周末,北京的交通简直让人发疯。老费赶到的时候,一干人早已经到了。袁爷一身布衣,叼着烟斗,在主位上,斜靠着,照例是那一种散淡风度。见了老费,说,费老,恭候多时了。其他几个人连忙立起来,叫老弟,费兄。老费说迟到了迟到了,有劳诸位久等。在座的都闹起来,说是要罚酒。老费仔细一看,袁爷身旁坐的那一位,不是万红。正心下纳罕,见那女人已经立起来,颤巍巍向他敬酒了。老费连忙干了。周围一片叫好。原来那女人也一饮而尽。老费心想,果然又是个厉害角色。袁爷只管笑眯眯地吸着烟斗,从旁看着。那女人生得十分标致,端正,清雅,有那么一种让人心动的书卷气。说话的时候,微微的有一些羞涩。他妈的老袁,真是艳福不浅。关于袁爷的风流账,圈子里都心知肚明。自古风流多文士。读书人,尤其是,有点名气的读书人,有哪个不是柳暗花明满天星斗的?袁爷那腴胸叠肚脑满肠肥的样子,真是白白玷污了这些个女子了。正胡思乱想,听见袁爷在接电话,软声软语,涎着一张脸,纠缠不休,是调情的意思了。老袁这厮,也不知道避人。偷眼看那女子,波澜不惊,倒是镇定得很。这女人,说不定也是久经欢场磨砺,百毒不侵了。众人都凑趣地说笑,大谈时局政治,时不时地语出惊人。细看时,每一位身旁,都带了一个女子。粉白黛绿,各有风姿。再看在座的众人,都是圈子里的核心人物,知道是小范围聚会,百无禁忌。老费就有些后悔,怪自己思虑不周,这种场合,唯独自己一个孤家寡人,不合群不说,倒显得生分了。有一个女孩子过来,替老费斟酒。一双手嫩葱一般,跷着兰花指。老费待要仰面细看时,只听袁爷在对面笑道,老费,这美人儿赏你了。众人笑。老费顺势大大方方握住那只手,凑趣道,美人若如斯,何不早入怀?大家都起哄,逼着他们这一对儿立时三刻喝了交杯酒。袁爷握着烟斗,笑吟吟地看着。身旁的那标致女子周到地为他布菜,一对镯子在腕上叮当乱响。老费趁着酒意,仔细端详那女子,不觉得呆了。比起万红,这女子娇而不媚,更多了一种风流旖旎,眉目如画,明艳不可方物。都说风月无边,怪不得众人身在此中,沉醉不知归路。吃完饭,大家照例去银柜。袁爷兴致很好。看样子,同这女子,尚是新交。

中途的时候,老费出来透口气。歌房里嘈杂得厉害,封闭的空间让人窒息。人们唱的唱,跳的跳,光影投射在如醉如痴的人们身上,有一种末日般的狂欢的气息。走廊里灯光幽暗。有侍应生端着托盘,鱼儿一般穿行。喧嚣的声浪隔了一重门,显得遥远而虚幻。老费抽着烟,看着中厅里那个巨大的鱼缸出神。喝了不少酒,脑子里昏沉沉的。回想方才那女子被袁爷拥着跳舞的样子,心里不由得叹一声。有人从旁边走过,一面走,一面对着手机说话。老费听那声音,脑子里仿佛划过一道闪电。刘以敏!

幽暗的灯光下,老费还是看清了刘以敏的背影。刘以敏穿一件黑色小礼服,改良的中式设计,含蓄典雅,衬了雪样的肌肤,真当得起"珠圆玉润"这几个字了。高高绾起的发髻,银色的高跟鞋,银色的手袋,走起路来,称得上袅娜了。刘以敏对着手机自顾说着话,并没有注意鱼缸后面的老费。刘以敏。人靠衣裳马靠鞍。刘以敏打扮起来,竟真的是不一样了。这个时间,周末,刘以敏应该在家陪女儿做功课。她在这里做什么呢?

刘以敏那冗长的电话还在进行。她走走停停,后来索性在走廊尽头的沙发上坐下来。雪白的一双腿优雅地交叠着,把手机从左手换到右手。老费悄悄躲进洗手间,给女儿拨电话。刚响了一声,就通了。女儿在那头淡淡地说,有事吗老爸?老费拐弯抹角地噜苏了半天,才装作无意间问起女儿的妈妈,女儿说,妈妈有事。老费说,妈妈有事,你做完功课就早点睡觉。明天还上学呢。

老费再过来的时候,刘以敏已经不见了。

十二

窗子半开着。薄纱的窗帘微微拂动,有植物的气息弥漫开来,潮湿的,蓬勃的,带着一股子微微刺鼻的腥气。老费住的是一楼。当初,买房子的时候,是老费执意坚持的。为了这个,还同刘以敏起了争执。刘以敏嫌一楼潮,采光不好,又杂乱。金三银四,这是楼房的常识。老费呢,私心里,是喜欢窗外那一小片空地,可以用篱笆围起来,侍弄些花花草草。巴掌大的一小片地,说出来,就没有那么冠冕堂皇。可刘以敏还是妥协了,尽管事后常常忍不住把这件事拿出来,挂在嘴上。但抱怨归抱怨,老费把新鲜蔬菜水灵灵地摘回来,送进厨房的时候,刘以敏的唠叨就明显地软弱了许多。这个季节,应该是小葱和菠菜的季节,还有韭菜,春韭嘛。春卷,韭菜盒子,韭菜饺子,都是刘以敏的新功课。韭菜这东西,生发阳气,是这个季节的时令菜。老费下班回来,往厨房里探一探,说,韭菜盒子——好啊。刘以敏两只手占着,就飞起一脚,啐道,去。刘以敏扎着那条细格子围裙,越显出窈窕的腰身,头发胡乱绾起来,有一缕掉在额前。那个时候,是他们新婚不久。还没有甜甜。

刘以敏。公正地讲,以一个男人的眼光,银柜夜晚的刘以敏,还是有动人之处的。刘以敏怎么就魔幻般地,瘦了?这真是莫名其妙的事情。还有那气质风度,竟完全是陌生的。刘以敏,这个跟自己耳鬓厮磨了半辈子的女人,什么时候脱胎换骨了?老费很记得,刘以敏喜欢安静。那么,喜欢安静的刘以敏,她在银柜做什么呢?

十三

这一片小区,是二十世纪八十年代的楼房。灰蓝的色调,旧是旧了,倒让人觉得有一种老派的踏实。偶尔遇上一两个老邻居,不免要寒暄几句。学术上的事,人们自然不懂,也不关心,倒是聊起刘以敏来,都兴致勃勃的。直夸老费家儿媳妇孝顺懂事,老费家真是上辈子修来的福啊。老费嘴上嗯嗯啊啊地应着,谦虚不是,不谦虚也不是。他拿不准,这个楼里的老邻居们,有多少人知道他的婚变。自从离婚以后,每次回来,老费都有些躲躲闪闪,是怕人家关心。离婚嘛,终究不是什么好事。自然了,也算不得什么坏事。这年头,还有什么值得大惊小怪的呢?

一进门,屋子里静悄悄的。门厅的桌子上,放着那只蛋青色的面盆。往客厅里张一张,也是静悄悄的,没有人声。老费正纳闷,往地上一看,拖鞋都在。知道是都出去了,老费心下不由得松了一口气。看看表,四点十分。老费就把外套脱了,去客厅里翻报纸。

翻了一回报纸,觉得无聊。老费点了一支烟,慢慢踱到门厅,掀起那面盆上的湿布,一块面团正醒着。厨房里,韭菜洗好了,摊在箅子上沥水。虾仁煸得红红黄黄的,盛在一只玻璃碗中。看这架势,八成是要包饺子。

易娟的短信发过来的时候,老费正在阳台上,看着那一对红嘴儿发呆。易娟说,念。老费心里一动,身上便毛躁起来。却并不着急回复。这女子实在可恨,要煞一煞她的性子才好。

一出楼门,远远地,看见一帮人正往这边走。费老爷子照例是倒背着两只手,费老太太牵着甜甜,刘以敏手里大包小包,时不时换一下手。老费想躲,已经来不及了。只好硬着头皮迎上去,接刘以敏手里的东西。刘以敏闪避了一下,并没有给他。老费就讪讪地,问甜甜一些废话。费老太太见了儿子,笑得合不拢嘴,说,怎么要走?晚上包饺子——让小敏做两个菜,你们爷俩喝两盅。

老费一面跟母亲敷衍着,一面看着刘以敏拎东西上楼。刘以敏还是那一条牛仔裤——她实在是不适合穿这种紧绷绷的裤子。平底凉鞋,简单朴素得近乎中性。上身呢,是一件T恤,松松垮垮的,完全没有形状。头发随意绕起来,用一根黑色的橡皮筋扎住。老费心里感叹了一声。银柜夜晚的那个刘以敏——莫非是他看错了?手机在口袋里震动,老费拿出来看了一眼。易娟问,在哪里?

十四

窗子半开着,暮色一点一点涌进来,屋子里的一切模模糊糊,仿佛一个缥缈的梦。老费歪在沙发上。方才,排山倒海的激情已经完全退潮了,人便好像一只搁浅的鱼,感到一种前所未有的绝望,还有空虚。空气里流荡着一种东西,黏稠的,微甜的,夹杂着一种类似槐花的微腥的味道。老费懒懒地躺着,想起易娟的某个神情,心里不由得荡漾了一下。这个小妖精。当真是厉害。

易娟是被手机叫走的。按照原本的打算,老费要请她去吃酸汤鱼。楼下那家菜馆,酸汤鱼十分鲜美,是易娟的最爱。但看到她对着电话支支吾吾的样子,就一下子索然了。他看着易娟麻利地穿衣服,梳洗,整理那只小巧玲珑的包,在床上翻来覆去地找那只水晶耳针,急三火四的,有点乱了阵脚。老费半闭着眼睛,想听她如何解释。却没有解释。老费只觉得额上被潦草地碰了一下,门吧嗒一声,人就不见了。岂有此理。真是岂有此理。易娟她敢这样对他。她竟然也敢。

窗外的天色已经完全暗下来了。屋子里黑漆漆的。落地台灯就在沙发一旁,但他懒得伸手。想着易娟的不辞而别,老费胸口闷闷的。然而,话又说回来,易娟因何不敢呢?易娟又不是圈子里的那些个女人,她凭什么不敢?况且,易娟是有夫之妇不假,也或者,老费之外,她还真的有情可寄也说不定。可是老费,何曾对她有过半点真心呢?床上辗转跌宕的那一点真心,在坚硬的现实世界中,仿佛阳光下的薄雪,美丽是美丽的,却虚幻得很。即便是空头支票,也从未开过。老费是懒得开了。易娟呢,是不是也从来没有过任何期待?愿得一心人,白首不相离。是谁发过这样的短信?仿佛是易娟,也仿佛不是。孔夫子说得对,近之则不逊,远之则怨。看来,自己也算得是小人心态了。

手机屏幕一闪一闪的,仿佛是扑闪扑闪的眼睛。手机咿咿呀呀地唱着。这个时间的电话,左不过是那些个不咸不淡的饭局,无聊得很。这些年,老费算是看清了,热闹闹一场饭局下来,说了一箩筐,有几句话是真心的呢?天下之大,知我者几何?圈子里,没有永恒的朋友,只有永恒的利益。利益关系勾连的同盟,兄弟,师生,甚至情人,是最真挚可靠的。有时候,仗着酒意,也说过一些个激情血性的大话,粪土这个,粪土那个,仿佛平日里那些孜孜以求的东西,都不过是粪土一堆。而富贵寿考,功名利禄,全是他妈的浮云一片。当真是醉话,不过是吹吹牛而已,又有哪句能够当真?即便真的喝醉了,也不过是借他人的酒杯,浇自家胸中的块垒罢了。纵有千年铁门槛,终须一个土馒头。在很多事情上,老费还是看得破的,可是,这世间很多东西,即便是看破了,又如何放得下呢?

记得有一回,袁爷喝高了,坐在那里指点江山,说着说着竟破口大骂,什么他妈的学术,狗屁!袁爷我在圈子里纵横多年,什么没有见过？旁边的一帮人看他口无遮拦，急得直说醉了，袁爷醉了。赶忙着人来伺候袁爷去醒酒。座中都是官方的头面人物，听由袁爷放肆，不呼应，也不劝止，顾左右而言他，倒是个个面不改色。只有袁爷，一面被人扶着往外走，一面大声吟道，有情风万里卷潮来，无情送潮归。问钱塘江上，西兴浦口，几度斜晖？众人都说，这是真醉了。袁爷今天高兴！老费想着袁爷那天的醉态，莫名其妙地，觉得那悲慨豁达背后，竟是满怀萧索。在袁爷这个位子上，竟也有这么多不足为外人道的？圈子里，袁爷是谁？袁爷就是一个传说。袁爷的文章，不说前无古人，也算得后无来者了。袁爷学问大，为人又通透。脾气也大，但那要看对谁。此前，袁爷是从来不醉酒的。老费总觉得，从来不醉酒的人，是可怕的。滴水不漏，不露丝毫破绽。这是老费头一回看见袁爷醉酒。

　　老费呢，酒量很好，却知道节制。酒这东西，有时候，即便没有酒量，也不得不喝。有时候呢，就算是酒量再好，也不得多喝。有多少回，老费在人前喝得气壮山河，背了人吐得翻江倒海？黑暗中，摸到了一个冰凉的小东西——遗落的水晶耳针。看来，易娟今天是真的心神不宁。易娟这一对水晶耳针，还是他从法国带回来的。易娟当时就戴上了。晚妆初了明肌雪。这水晶耳针，令整个夜晚都璀璨起来了。那真是一个迷人的夜晚。

　　水晶耳针在手掌心里捏来捏去，小水钻一粒一粒的，有些扎手，但是老费犹自把玩着，让那不规则的小东西在手掌心里辗转地疼,仍不舍得松开。

电话铃忽然响了。老费吓了一跳,本能地跳起来去接,刚拿起话筒,却又断掉了。

老费呆呆地在黑影里立着。手掌心里恻恻地疼,大约是被那耳针扎破了。

老费茫然地发了一会子呆,打开灯,去床头找刘以敏那只小药箱。药箱里琳琅满目,全是药。老费一个个挨着看过去,直看得眼花缭乱。说明书上,有各种各样的标记,曲线、直线、三角、方框、补充说明、着重号,有蓝色,有红色,是刘以敏的笔迹。药瓶子都是新的,没有开封。奇怪了。老费把一瓶酒精挑出来,打开,用棉签涂在伤口上。他激灵灵抖了一下,打了个寒噤。这一点小伤,想不到还真疼。

CD机里放着一首曲子,是八十年代的老歌。八十年代,那时候,他还在读大学。青枝碧叶般的年纪,那真是他的锦绣年代。诗万卷,酒千觞,几曾着眼看侯王?玉楼金阙慵归去,且插梅花醉洛阳。他始终相信,书斋里的那一盏孤灯,是能够照亮整个世界的。十年窗下,他对未来有多少想象和期待?年少轻狂,年少轻狂啊。

老费半卧在床上,莫名其妙地,忽然就想喝酒。吧台上有各种各样的酒,红酒、洋酒、白酒,都是上好的品质。老费挑了一瓶红酒,自斟自饮。灯光把他的影子映在墙上,有一些超现实的虚幻。床头是一本他的新书,题目大得吓人,装帧却是十分朴素大气,厚厚的,比装饰墙上的仿古青砖还要厚些,一下子扔过去,想必也能砸出人命。算起来,早已经年过不惑,快要知天命了。书出了一大摞,不说是著作等身,也称得上成果颇丰了。半生熟读书卷,自诩看破了人间正道,怎么还是这样困在局中,不得自在呢?老费把杯子里的酒一饮而尽,忽然间悲从中来。

床头柜的盘子里躺着一只苹果,被从中间切开了,没有削皮。老费对着那苹果看了好一会儿。那被切开的伤口,是不是还是甜的?

一觉醒来的时候,窗子已经透出了淡淡的晨曦。脑子里昏沉沉的,是那种宿醉后的钝痛。房间里的家具渐渐显出了模糊的轮廓。仿佛有市声隐隐传来,喧嚣的,遥远的,繁华的,仔细听时,却又是一片岑寂荒凉。手机忽然唱起来。老费想挣扎着起来拿,却一时动弹不得。只好任它唱。看来,这回是真的醉了。